무당패왕 6

2023년 9월 7일 초판 1쇄 인쇄
2023년 9월 12일 초판 1쇄 발행

지은이 윤신현
발행인 강준규

기획 이기헌 왕소현 임동관 박경무 강민구 조익현
책임편집 이정규
마케팅지원 이원선

발행처 (주)로크미디어
출판등록 2003년 3월 24일
주소 서울시 마포구 마포대로 45 일진빌딩 6층
Tel (02)3273-5135 **Fax** (02)3273-5134
홈페이지 rokmedia.com **E-mail** rokmedia@empas.com

ⓒ 윤신현, 2023

값 9,000원

ISBN 979-11-408-1356-8 (6권)
ISBN 979-11-408-1050-5 04810 (세트)

윤신현 신무협 장편소설

6

武當霸王

무당패왕

ROK
MEDIA
로크미디어

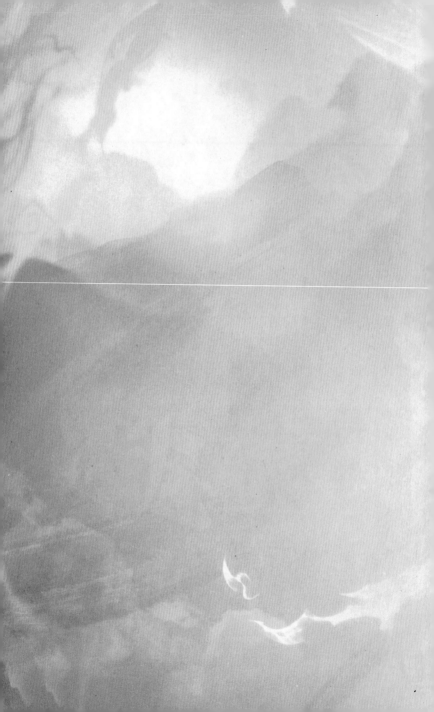

차례

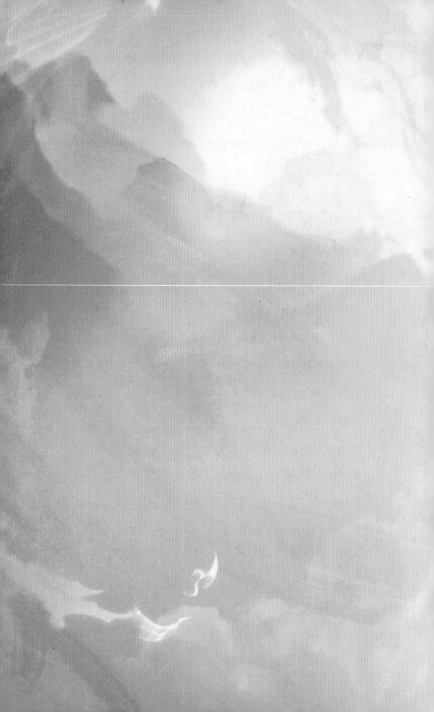

제43장 미끼의 미끼

"그럼 이건 뭐지?"

무항이 품속에서 작은 목궤를 꺼냈다.

그리고 그중에서 색이 다른 작은 환약을 내밀었다.

폭정단과 폭혈단이 아닌 또 다른 환약이었다.

"말했다시피 귀단문은 환약에 대해서만큼은 천하제일이오. 원래부터 대단한 기술을 가지고 있던 그들이 수백 년 동안 연구한 끝에 완성한 게 폭혈단과 폭정단이니."

"하지만 최초는 아니지. 선천진기를 폭발시키는 환약은 고대에도 있었어."

"그러나 도중에 막을 수 있는 기술은 없었소."

"설마?"

무항은 물론이고 조용히 지켜보던 명덕과 유하성, 이춘상의 눈동자가 커졌다.

장년인의 말에서 무항이 들고 있는 환약의 용도를 짐작할 수 있어서였다.

"맞소. 그 환약은 폭발시킨 선천진기를 잠재우는 효험을 가지고 있소이다."

"……그게 가능한가?"

무항이 믿을 수 없다는 표정을 지었다.

연단 쪽에는 문외한이나 마찬가지였지만 한 가지 사실만은 확실하게 알고 있었다.

선천진기를 한 번 사용하면 다시 돌이킬 수 없다는 걸 말이다.

그게 지금까지의 정론이었기에 무항을 비롯해서 모두가 믿기 힘든 표정으로 장년인을 쳐다봤다.

"내가 직접 사용하지는 못했으나, 다른 이들이 사용한 걸 본 적은 있소."

"실험체겠지."

명덕이 코웃음 쳤다.

수많은 인명을 단순히 화탄으로 사용하는 게 번천회였다.

마도와 사도를 뒤섞어 놓은 게 번천회이기에 명덕은 싸늘한 눈으로 장년인을 노려봤다.

"부정하지는 않겠소. 나 역시 그리 생각하니까."

武當霸王
무당
패왕

"확실히 기술적으로는 엄청나군. 이런 걸 만들어 냈을 줄이야. 혹시 폭혈단에도 사용 가능한가?"

"거기까지는 모르오."

장년인이 단호하게 말했다.

무인들이 사용한 건 본 적 있으나 일반 양민들은 아니었다.

물론 효험이 있을 수도 있지만 정확히 알지 못했기에 장년인은 선을 그었다.

"밝혀지지 않은 다섯 곳 중 하나가 귀단문이라."

"내가 귀단문에 대해 알고 있는 건 거기까지요."

"그럼 이제 나머지 넷을 말해 주면 되겠군."

"나라고 전부 다 알지는 못하오."

"그러니까 아는 걸 다 불라고."

여기에서 만족할 수 없다는 듯이 무항이 압박했다.

새로운 정보를 알아내기는 했으나 이 정도로는 부족했다.

알아낼 수 있는 건 모조리 다 뽑아내야 했기에 무항이 매서운 눈빛으로 장년인을 내려다봤다.

"또 이러네. 잘하다가. 그럼 내가 도와줄 수밖에 없지. 당신의 친구들, 혹은 사형제들 소림사와 화산파, 남궁세가, 제갈세가를 노렸더만? 무당파처럼."

흠칫!

생각지도 못한 이춘상의 말에 장년인이 움찔거렸다.

그 정도로 놀란 것이었다.

그리고 그 모습에 이춘상의 입가에 맺힌 미소가 짙어졌다.

"과연 그들이 어떻게 되었을까?"

"어, 어찌 되었지?"

장년인이 자기도 모르게 물었다.

당황해서 순간적으로 머리가 새하얗게 변한 것이었다.

"듣고 싶지? 그럼 너도 우리가 듣고 싶은 걸 꺼내 봐. 그게 먼저 아닐까?"

"으음!"

일순 장년인은 정신이 퍼뜩 들었다.

사형제들의 소식에 자신이 순간적으로 이성을 잃었다는 걸 깨달은 것이다.

하지만 그럼에도 그는 사형제들의 소식이 궁금했다.

침입한 게 발각되었다고 다 붙잡히는 건 아니었기에 장년인은 흥분을 가라앉혔다.

"흑점과 하오문. 십천인가?"

"으음!"

그때 유하성의 질문이 벼락같이 파고들었다.

당황한 틈을 타 두 곳에 대해 물었던 것이다.

"반응을 보니 연관이 있는 모양이군."

"……맞소이다."

무거운 어조로 장년인이 대답했다.

이미 진즉에 하오문과 흑점은 정도무림의 의심을 짙게 받고 있었다.

머지않아 밝혀질 일이었기에 장년인의 고민은 짧았다.

사형제들의 소식도 듣고 싶었고.

"별것도 아닌 것 가지고 뜸을 들이기는. 그 두 곳이 아니면 벽력문, 철기방, 귀단문에 들어가는 자금들을 감당하지 못하는데."

"사형제들은 어떻게 되었소?"

투덜거리는 이춘상을 향해 장년인이 물었다.

퉁퉁 부어서 반쯤 감긴 눈이었으나 눈동자만큼은 또렷했다.

"한 명은 가까스로 탈출했고, 셋은 당신과 같은 신세지."

"누가 탈출했는지……."

"알고 싶지? 그럼 당신이 무얼 해야 할까?"

"……"

이춘상이 너무나 얄밉게 웃었다.

점혈을 당하지 않았다면 당장 싸대기를 날려 주고 싶을 정도로 말이다.

하지만 지금 그가 할 수 있는 건 아무것도 없었다.

"이제 한 곳 남았군."

"무당파뿐만 아니라 소림사와 화산파, 남궁세가, 제갈세가를 동시에 노릴 만한 곳은 중원에서 한 곳뿐이니."

거의 확정하듯 말하는 무항의 모습에 장년인이 두 눈을 감았다.

지금까지 혼동을 겪도록 그렇게 노력했는데 결과적으로 아무 소용이 없는 것 같아서였다.

동시에 머리 가득 걱정이 되었다.

누가 빠져나가고 누가 붙잡혔는지 궁금했던 것이다.

'하지만 절대 티를 내서는 안 된다.'

지금까지 발설한 건 크게 문제 될 게 없었다.

당장 호북성만 하더라도 제갈세가에 붙잡힌 이들이 꽤 되었다.

거기다 녹림십팔채 총표파자의 제자도 사로잡혀 있는 상태였기에 그가 실토했다고 생각하지는 않을 터였다.

"마지막 남은 한 곳을 말해 주었으면 하는데. 설마 이것도 모르나?"

"……난 일개 도둑일 뿐이오. 번천회에 대해 전부 다 알지는 못하오."

"호오. 무당파 장문인의 집무실을 노릴 정도의 실력자가?"

무항이 이죽거렸다.

얼토당토않은 말을 지껄여서였다.

그런데 그때 이춘상이 다시 한번 나섰다.

"한 가지 궁금한 게 있는데, 다른 십천들에게 그렇게까지 의리를 지켜야 하나? 그 정도로 긴밀한 사이로 보이지는 않는데."

"······."

"녹림십팔채, 천하수로채. 그들을 믿을 수 있나? 내가 보기에는 아닐 거 같은데. 단순히 목적이 같아서 연합한 거 아닌가? 중원수호맹처럼 말이지."

"······뭘 묻고 싶은 거요?"

원하는 대답이 나와서일까.

이춘상이 의미심장하게 웃었다.

"서로 상부상조하자고. 서로가 원하는 정보를 듣는 거지. 아, 그렇다고 착각하지는 말고. 자기 처지가 어떤지는 명확하게 인지하고 있어야 하지 않겠어?"

툭툭.

이춘상이 환하게 웃으며 발끝으로 중년인의 아랫배를 건드렸다.

정확히 단전이 있는 곳을 말이다.

무인에게 있어 제이의 심장이나 마찬가지인 단전을 툭툭 건드리는 이춘상의 행동에 장년인의 안색이 해쓱해졌다.

말하지 않아도 이춘상이 무얼 말하고자 하는지 알 수 있어서였다.

"나도 모르오. 십천주들의 회의에 참석할 자격이 나는 없으니까."

"짐작 가는 것도?"

"누가 탈출했소?"

장년인이 조심스럽게 물었다.

이쪽에서 하나를 밝혔으니 이춘상도 말해 주길 바라서였다.

그러나 이춘상은 그의 말에 피식 웃었다.

"고작 그거 가지고?"

"모르는 걸 어떻게 말하겠소?"

"그럼 알고 있는 걸 말하면 되겠네. 예를 들어 하오문과 흑점의 비밀거점이라든가. 혹은 벽력문과 철기방의 본거지도 괜찮고. 아, 귀단문의 위치를 알고 있다면 말해 주었으면 좋겠는데."

"내가 그걸 알 거라고 생각하시오?"

장년인이 어이없다는 듯이 웃었다.

바라는 게 너무 많아서였다.

말 그대로 홀라당 벗겨 먹으려는 심보에 장년인은 실소가 절로 나왔다.

"누가 도둑 아니랄까 봐 빈털터리네."

"그렇다면 최후의 방법을 쓸 수밖에."

"최후의 방법?"

모르거나, 혹은 말할 기색이 없어 보이는 모습에 이춘상이 입맛을 다실 때 유하성이 입을 열었다.

그러자 모두의 시선이 유하성에게로 향했다.

武當霸王
무당
패왕

"미끼로 쓰자."

"이자를?"

"응. 뇌옥에 가둬 두는 거지. 허술하다고 은밀하게 소문을 내서."

"아하! 이자를 구하러 오게 만들자는 거지?"

이춘상이 눈을 반짝였다.

무슨 계획인지 단박에 알아차린 것이었다.

"거기에 우리가 균현이나 다른 곳에 가 있는 것도 한 가지 방법이겠지."

"훔치는 거나 구출이나 종류만 다르지 비슷할 테니. 오히려 뇌옥이 더 쉬울 수도 있고."

"어차피 가둬 둬야 하는 건 똑같으니까. 이용할 수 있는 방법은 다 이용해 봐야지."

"이럴 때 보면 넌 진짜 속가제자인 게 다행인 거 같아."

"칭찬이지?"

이춘상이 진심으로 감탄한 표정을 지었다.

이런 생각을 어떻게 했는지 궁금하다는 듯이 말이다.

그리고 그건 명덕과 무항도 마찬가지였다.

"당연하지. 전쟁 중인데 찬물, 더운물 가릴 때야? 할 수 있는 건 다 해 봐야지. 더구나 하오문과 흑점이 십천이라면 정보력이나 자금에서 우위에 있다고 절대 장담할 수 없어. 거기다 인원 역시 이미 상당히 차이가 난 상태고. 그래도 한 가지 다행스러운 건 번천회가 들고 있는 패를 하나둘 알아 가고 있다는 거지."

화탄이나 폭정단은 모르고 있을 때는 더없이 위협적이었다.

그러나 알고 있다면, 거기에 시간까지 있다면 충분히 대비할 수 있었다.

"너무 곧이곧대로 믿어선 안 된다는 거, 알지?"

"당연하지. 확인 작업은 할 거야. 그리고 어느 정도 파악이 된 상태고. 무당파만 열심히 일한 게 아니라고. 우리도, 제갈세가도 열심히 조사했어. 확증을 못 해서 그렇지."

툭.

이춘상의 말을 들으며 유하성은 장년인의 아혈을 짚었다.

낌새를 보아하니 더는 발설하지 않을 것 같아서였다.

꼭 실토하지 않는다고 해서 쓰임새가 없는 것도 아니었고.

"실패할 수도 있어."

"모든 확률은 다 반반이야. 성공하든가, 실패하든가. 성공하면 좋은 일이고, 실패해도 상관없지. 일단 공공문부터 찾고 쓸어버려도 늦지 않으니까."

부르르!

입은 막혔으나 두 귀는 멀쩡했다.

그렇기에 장년인의 동공이 불안하게 흔들렸다.

저 말을 하는 이가 다름 아닌 개방의 후개였기에 걱정이 안 될 수가 없어서였다.

쉽게 들키지는 않겠지만 개방이 마음먹고 나선다면 또 혹시 몰랐다.

"바로 시작할 거지?"

"물론이지. 더불어 하오문과 흑점의 반응도 살피고. 미끼 하나로 세 군데를 낚는 거지."

"부탁해."

"부탁은 무슨. 이건 개방의 자존심도 걸려 있는 문제야."

이춘상이 두 눈을 형형하게 빛냈다.

재물에는 욕심이 없는 그이지만 대신 사문에 대한 자부심은 어마어마했다.

그리고 개방에 물을 먹인 곳이 하오문과 흑점이라는 것을 알았기에 이춘상의 두 눈은 활활 불타오르고 있었다.

그동안은 심증만 있었기에 제대로 파고들 수 없었지만 지금은 달랐다.

"무당파 역시 따로 알아보마. 제갈세가와 연계해서."

"그럼 더 빨리 꼬리를 잡을 수 있겠네요."

거기에 명덕이 가세했다.

비청당을 움직이겠다는 뜻이었다.

거기다 제갈세가의 정보 조직이 가세한다면 적어도 호북성 내에서 시선을 피할 곳은 없었다.

"이참에 싹 다 밀어 버리죠."

"당연히 그래야지. 당하고만 있을 수는 없지."

"맞습니다."

무항이 맞장구를 쳤다.

아무리 그가 도사라지만 성인군자는 아니었다.

더욱이 무당파는 정도무림의 한 축이나 마찬가지였기에 가만히 있을 수는 없었다.

오늘도 연무장에는 일대제자, 이대제자들로 바글거렸다.

처음에는 원경을 비롯해서 몇 명의 일대제자들만 있었지만 지금은 달랐다.

번천회에서 파훼법을 만들자 일대제자들은 물론이고 장로들의 생각도 달라졌던 것이다.

"좋네."

모두 같이 땀을 흘리며 수련하는 제자들의 모습에 유하성이 흡족한 표정을 지었다.

특히 처음부터 같이 시작했던 원상과 원호, 원경이 가장 열심히 하는 모습에 유하성의 미소가 짙어졌다.

"처음에는 싸가지도 그런 싸가지가 없었는데."

유하성은 원호와 처음 만났을 때를 떠올렸다.

사숙임에도 별 볼 일 없는 속가제자라며 은연중에 무시했

武當霸王
무당
패왕

던 그 당시의 원호였다.

자만심이 하늘을 찌르던 때이기도 했고.

그러나 지금은 누구보다 그를 따르고 열심히 수련하고 있었다.

"뿌듯한 모양이네?"

유하성의 곁으로 이춘상이 다가왔다.

여전히 눈 밑이 검은 상태로 말이다.

누가 봐도 피로해 보이는 모습에 유하성이 걱정 어린 표정을 지었다.

"쉬엄쉬엄해. 그러다 몸 상한다. 너 수련량도 그대로잖아."

"매일매일 나의 한계를 확인하고 있지. 그리고 매일매일 그 한계를 뛰어넘고 있고."

"그건 네 생각이고."

"훗. 따라잡힐까 봐 겁나냐?"

이춘상이 장난기 가득한 표정으로 물었다.

두 눈썹을 부담스럽게 씰룩이면서 말이다.

"쓰러지고 나서야 후회하겠네."

"아직은 괜찮아. 그동안 개방의 일에 손 놓고 있었던 시간을 생각하면 이 정도는 당연히 해야지. 크진 않지만 성과도 있고. 발전이 없다는 건 퇴보나 마찬가지니까. 아직은 버틸 만해."

"그렇다면 다행이고."

"사부님 생각나지?"

"귀신같다니까."

유하성이 피식 웃었다.

마치 자신의 속 안에 들어왔다가 나온 것 같아서였다.

"표정 보면 딱 알지. 너에게 있어 가장 중요한 분이잖아. 네 인생에서 가장 큰 부분을 차지하고 계신 분이고."

"이 광경을 보셨다면 정말 좋아하셨을 텐데."

유하성의 두 눈이 아련해졌다.

불과 이 년 전만 하더라도 이곳에는 오직 그와 사부만 있었다.

이 넓은 공터에 말이다.

지금처럼 평평한 연무장이 아니라 말 그대로 울퉁불퉁한 공터였는데 유하성은 지금보다 그때가 더 좋았다.

"지금도 좋아하실걸. 네가 이렇게 인정받고 있잖아. 자신의 모든 걸 물려받은 네가."

"웬일이냐. 네가 이런 낯간지러운 말도 하고."

"나도 인정할 건 인정하는 성격이야. 너니까 하는 말이기도 하고. 원상이나 원호였으면 어림도 없지, 암!"

"고맙다고 해야 하나?"

"당연하지. 근데 좀 아쉽기는 하겠다. 딱 일 년만 더 사셨으면 좋았을 텐데."

이춘상이 입맛을 다시며 말했다.

친구의 마음을 전부 다 이해할 수는 없지만 어느 정도는 공감할 수 있었다.

만약 사부인 취선이 죽었다면 그도 유하성과 비슷한 심정일 터였다.

"늘 그 생각을 하지. 근데 하늘이 내린 수명은 인간이 어떻게 할 수 없는 것이니까. 육신이 너무 많이 망가져 있기도 하고."

"대신 후회 없이 귀천하셨다며. 그것만으로 네가 할 도리는 다한 거다."

"알고는 있는데 사람 마음이 그렇잖아. 더 잘해 드렸으면 싶고, 못해 드린 것만 생각나는 게 사람 마음이니까."

"알지. 나도 잘 알지."

이춘상이 고개를 주억거렸다.

부모는 없지만, 기억도 나지 않지만 대신 그에게는 사부인 취선이 있었다.

때론 엄마 같고, 아빠 같은 취선이 있었기에 이춘상은 동감했다.

"그러니까 있을 때 잘해 드려. 나중에 후회하지 말고. 정정하신 것 같아도 연세가 있으셔서 언제 건강이 악화될지 몰라. 특히나 방주님은 술도 매일 드시더만."

"엄청난 주귀이시지. 오죽하면 식사 대신 술을 마실 정도니까. 근데 좋아하는 걸 말리는 게 과연 옳은 일일까 싶기도 하고. 나도 안 마셨으면 좋겠는데 그 좋아하는 술을 못 마시게 하면 사부님의 유일한 낙이 사라지니까."

"그건 또 그러네."

건강을 생각하면 술을 끊거나 줄이는 게 맞았다.

그러나 개방주의 별호가 괜히 취선인 게 아니었다.

술을 먹지 않게 하면 육체적으로는 건강해질지 모르나 정신적으로 피폐해질지도 몰랐다.

사람은 누구나 행복해질 권리도 있었고.

"어려운 문제지. 근데 확실한 건 하나 있어. 술 없이 재미없는 십 년을 살지, 아니면 술을 마시고 일 년만 살지, 물으면 우리 사부님은 일말의 고민도 없이 후자를 택할 거다. 이건 확실해."

"내가 보기에도. 그럼 결론은 하나네. 앞으로 쭉, 계속 잘할 수밖에."

"어후."

이춘상이 고개를 저었다.

상상만 해도 피곤함이 파도처럼 몰려오는 기분이었다.

"미끼는 어때? 공공문은 움직이는 거 같아?"

"아직. 제갈세가나 남궁세가, 화산파에 분산되어 있어서 그런지 반응이 없네. 포기한 게 아닐까 싶기도 하고. 그 세 곳에도 반응이 없어서."

"그렇단 말이지."

"뭐, 인질로서의 가치는 아직 있으니까. 살려 두면 나중에 또 쓸모가 있겠지. 총표파자의 제자를 데리고 있는 것처럼."

이춘상이 어깨를 으쓱거렸다.

하지만 초조해하지는 않았다.

일부러 반응을 보이지 않아 방심을 유도하는 것일 수도 있어서였다.

게다가 정보를 꼭 생포한 이들에게서만 얻을 필요는 없기에 이제는 딱히 중요하지도 않았다.

"하오문이나 흑점은 어때?"

"탈탈 털고 있지. 예의 주시하는 것과 터는 것은 다르니까. 사실 심증은 계속 있었잖아. 우리나 금와장의 시선을 피해 비밀리에 움직이는 게 쉽지 않은 일인데. 철기방이야 자금적으로 자립이 가능하다고 하지만 벽력문이나 귀단문은 지원이 없으면 그 양을 만드는 게 불가능하잖아. 화탄이랑 환약에 들어가는 게 어디 한두 푼이야? 게다가 지금까지 뿌려진 게 얼마인데."

"털다 보면 증거도 나오기 마련이고."

"약재로 역추적하는 것도 거의 마무리 단계였고. 호북성을 비롯해서 사천성, 강서성, 안휘성의 하오문과 흑점 지부들은 전부 다 정리했다고 보면 돼. 물론 이것도 일시적이긴 하지만 그래도 예전만큼 마음대로 움직이지는 못할 거야."

이춘상이 자신만만하게 말했다.

완벽하게 밀어냈다고 말할 수는 없지만 그래도 예전처럼 뒤통수를 맞는 일은 없을 거라고 자신할 수 있었다.

"이제 문제는 본진인가."

"그렇지. 이제 얼추 십천도 드러났으니 본진을 노려야지. 마음 같아서는 겨울이 오기 전에 끝내고 싶은데, 힘들 거야. 워낙에 빠르게 세력이 거대해져서."

"복건성은 어때? 우리도 신경은 쓰고 있는데 그래도 혹시 몰라서."

"아직까지는 딱히 별다른 문제가 없다고 들었어. 나도 복건성에 대해서는 따로 보고를 받고 있거든. 아무래도 총표파자의 제자와 혈풍사노를 잡은 곳이니까. 변방이라고 하나 강서성을 관통하면 여기가 금방이기도 하고. 주시해야 하는 지역임은 분명하니까."

"그렇단 말이지."

괜히 개방이 나서서 강서성의 하오문과 흑점 지부를 정리한 게 아니었다.

호북성은 물론이고 번천회의 총단이 자리 잡고 있는 호남성과도 맞붙어 있었기에 지리적으로 강서성은 꽤 중요했다.

복건성은 바로 그 강서성과 맞닿아 있었고.

"계속 신경 쓰고 있으니까 무슨 일이 생기면 말해 줄게. 뭐, 나보다 먼저 금와장에서 소식을 전할 것 같기는 하지만."

"고맙다."

"고맙긴. 이건 다 투자야, 투자. 빚을 지워 두는 거지. 흐흐흐흐!"

이춘상이 음흉하게 웃었으나 유하성은 알았다.

말만 저렇게 한다는 사실을 말이다.

생긴 것답지 않게 공명정대한 게 이춘상이었기에 유하성은 웃으며 이대제자들이 수련하는 걸 지켜봤다.

"귀엽네."

"너도 슬슬 제자를 들일 때가 되지 않았어? 나이는 젊지만 배분으로 따지면."

"슬슬 생각해 볼 때가 되긴 했지."

짤막한 팔다리를 열심히 휘두르는 이대제자들의 모습을 보며 유하성이 대답했다.

하나같이 열정 넘치는 모습이었으나 유하성에게는 마냥 귀엽게만 보였다.

"면장과 십단금의 계승자니, 경쟁이 엄청 치열하겠는데?"

"그건 모르는 일이지. 난 속가제자니까."

"자식에게는 면장이랑 십단금 못 가르치지 않나? 진산제자로 보내지 않는 이상?"

"규율상으로는 그렇지."

유하성이 면장과 십단금의 계승자지만 이건 어쩔 수가 없었다.

대대로 십단금과 면장은 진산제자에게만 허락된 무공이니만큼 아무리 자식이라고 해도 전수는 불가능했다.

"그럼 새로 만들면 되지 않나? 면장과 비슷하면서 다른. 본래의 면장은 무당파에 넘기고."

이춘상이 은근한 어조로 말했다.

편법이지만 유하성이라면 가능할 것 같아서였다.

"불가능한 건 아니지만 꼭 그럴 필요가 있나 싶다. 애초에 나 역시 사부님께 배운 건 태극심법과 태극권뿐이었으니까."

"오, 자신감. 자식도 가능하단 거냐?"

"내가 했는데 내 자식이라고 못 할 건 없잖아?"

"틀린 말은 아닌데. 허참."

너무나 어려운 일이지만 그렇다고 불가능할 거라는 생각은 들지 않았다.

유하성이 했으니 자식이라고 못 하리란 보장이 없어서였다.

실제로 그 역시 유하성이 걸어간 길을 뒤쫓아 가고 있었고.

"물론 쉽지는 않겠지만. 나 역시 그게 욕심이란 걸 알고 있고. 근데 만나는 사람도 없는데 너무 앞서가지는 마라."

"워워. 나이를 생각해야지. 난 장가가고 싶어도 못 가지만 넌 아니잖아. 그래서 난 기대하고 있어. 네가 어떤 여자를 만날지, 얼마나 부인을 들일지 말이지."

武當霸王
무당
패왕

"얼마나?"

"예로부터 이런 말이 있지. 영웅호색이라. 열 여자 마다하는 남자 없다. 일단 지금 내가 기억하는 여자만 해도 벌써 세명이네?"

이춘상이 능글맞게 웃으며 손가락을 접었다.

누구라고 말은 안 하고 그저 다 안 다는 표정으로 히죽 웃으면서 말이다.

그것도 잘 보라는 듯이 접힌 손가락을 눈앞에서 흔들었다.

"실없는 소리 그만하고. 번천회와 전쟁 중이야."

"허어. 전쟁 속에서도 아이는 태어나는 법이다. 남녀의 사랑은 전쟁도 막을 수 없지!"

유하성은 고개를 돌렸다.

아예 상대하지 않는 쪽을 택한 것이었다.

"하압!"

"찻! 히얍!"

앙증맞은 주먹과 손이 연신 허공을 갈랐다.

거기에 중간중간에 발 차기가 합세했다.

무당파의 기본공인 태극권을 수련하는 것이었다.

열 살 안팎의 이대제자들이 똘망똘망한 눈으로 태극권을

수련하는 모습에 원상이 흐뭇한 미소를 지었다.

"허허허."

자식을 낳아 본 적도 없지만 원상은 왠지 지금 느끼는 이 기분이 아빠의 마음이 아닐까 싶었다.

예전이었으면, 아니 불과 이 년 전만 하더라도 태극권에 열중하는 제자들은 없었다.

그저 상승무공을 익히기 위한, 거쳐 가는 무공이라고만 생각했다.

무당파의 기본공이니 익혀야 한다는.

그러나 지금은 달랐다.

어느 누구 하나 태극권을 무시하는 아이가 없었다.

"차합!"

오히려 절대무공을 수련하는 것처럼 다들 집중해서 태극권의 투로를 외우고, 익히며, 펼치고 있었다.

그리고 그건 일대제자라고 해서 다르지 않았다.

처음에는 오라고 해도 오지 않았던 사제들이 지금은 자발적으로 연구동을 찾았다.

"왜 그렇게 웃고 있어?"

"그냥 기분이 좋더라고."

"난 좀 그렇더라. 약간 간사하게 느껴진다고나 할까. 만약 파훼법이 없었다면 이렇게 열심히 태극권을 수련했을까?"

원상의 옆으로 다가온 원호가 못마땅한 표정을 지었다.

까만 속이 보여도 너무 훤히 보여서였다.

게다가 그는 알았다.

이대제자들이야 순수하게 수련을 하러 왔다지만 일대제자들은 하나같이 흑심을 품고 있었다.

"네가 그렇게 말하니까 조금 웃긴데."

"왜?"

"기억 안 나냐? 복주 대청표국에서 사숙님을 처음 뵈었을 때."

"으음!"

원호가 침음을 흘렸다.

그러고는 얼굴이 삽시간에 어두워졌다.

유하성과의 첫 대면은 그에게 있어 지우고 싶은 기억이었기 때문이다.

게다가 그때 원상이 같이 있었다는 게 원호는 너무나 치욕적이었다.

"그때 가관이었지."

"그, 그만해라!"

부끄러움에 원호의 얼굴이 시뻘겋게 달아올랐다.

하지만 원상은 멈출 생각이 없었다.

"다시 생각해도 내 얼굴이 붉어질 정도니."

"……싸우자는 거냐?"

"너무 속물적이라고 생각하지 말라는 거다. 당장 너만 해도 바뀌었잖아? 사숙님을 만나고서. 다른 일대제자들도 마찬가지다. 사숙님을 만나고, 바뀐 거지."

"그렇다고 흑심이 없는 건 아니잖아."

"반대로 생각하면 당연하지. 네가 다른 일대제자라면, 다를 거 같아?"

제44장 중원수호맹으로

원상의 반문에 원호가 입을 다물었다.

솔직하게 말해 아니라고 당당하게 말할 수 없을 것 같아서였다.

다른 무공도 아니고 무당면장과 십단금이었다.

욕심이 안 생길 수가 없었다.

"······비슷했겠지."

"비슷하기는. 오히려 더했을걸? 그러니까 너무 그러지 마라. 무인으로서 당연한 거니까. 무당파의 제자로서 무공을 배우고 싶어 하는 게 나쁜 것도 아니고. 게다가 사숙께서도 슬슬 제자를 생각하실 때이기는 하니까. 누구도 강요하지는 않겠지만."

"배분을 따지면."

원호가 동조하듯 고개를 끄덕였다.

나이로 보나 배분으로 보나 제자를 들여도 이상하지 않은 게 유하성이었다.

게다가 사문을 위해서라도 십단금과 무당면장의 전수를 슬슬 생각할 때이기도 했다.

"그리고 나무만 보지 말고 숲을 봐. 아이들이 저렇게 열심히 태극권을 수련하는 이유가 뭐겠어?"

"사숙님 때문이겠지."

"그래. 태극권으로 천하를 호령하는 고수가 되었으니까. 말 그대로 입지전적인 인물이 사숙님이시니까. 이게 얼마나 대단한 건지 이해가 가냐?"

"나도 그 정도 머리는 있다."

원호가 눈매를 좁히며 원상을 노려봤다.

자신을 너무 무시하는 것 같아서였다.

누누이 말하지만 그는 생각하는 걸 귀찮아하는 거지 절대 어리석지 않았다.

"우리가 할 일은 하나야. 애들을 옳은 방향으로 이끄는 것. 사숙께서도 그걸 바라실 거다. 기강을 잡고 애들을 가르치는 게 아니라."

"흥."

알고는 있지만 원상의 말을 순순히 받아들이긴 싫다는 듯이 원호가 팔짱을 끼었다.

하지만 그 모습에도 원상은 오히려 웃었다.

저렇게 툴툴거려도 막상 하면 잘할 걸 알아서였다.

"나이는 어려도 아이들의 마음도 우리와 같을 거야. 그러니까 이렇게 매일같이 나와서 수련하는 거지."

원상이 따스한 눈으로 앳된 이대제자들을 바라봤다.

어떻게 보면 저 아이들이 무당파의 미래였다.

타다닷!

"응? 무슨 일이지?"

애정 가득한 눈으로 이대제자들을 바라보는 원상과 달리 원호는 여전히 못 미더운 시선으로 연무장을 응시했다.

그런데 그때 두 명의 인영이 연무동을 향해 다급하게 달려오는 게 보였다.

개방의 제자와 무당파의 제자가 거의 동시에 연구동에 도착했던 것이다.

"무슨 일이 생겼나?"

득달같이 달려와 유하성의 처소로 들어가는 두 명의 모습에 원상이 미간을 좁혔다.

비청당 소속이기에 두 명 중 한 명이 같은 비청당원이라는 걸 알 수 있어서였다.

특히 그는 둘 다 유하성을 곧바로 찾아갔다는 것에 집중했다.

"복주에 무슨 일이 생겼나? 개방에서 사숙님을 찾을 일은 복주밖에 떠오르지 않는데."

"이 소협을 찾아간 걸 수도 있지."

"그럼 무당파의 제자는? 난 처음 보는 얼굴이던데."

"나도 그건 모르겠다."

원상은 어깨를 으쓱거렸다.

찾아온 이가 비청당원임을 굳이 원호한테 말해 줄 필요는 없어서였다.

대신 원상은 두 눈을 껌뻑거리며 유하성의 처소를 바라봤다.

똑똑똑.

"들어와."

침상에 누워 있던 명천이 문을 두드리는 소리에 몸을 일으켰다.

이윽고 방문이 열리며 두 사람이 들어왔는데 둘을 본 명천의 두 눈이 휘둥그레졌다.

상상도 못 한 이가 그를 찾아와서였다.

"사백."

"네가 여기에는 어떻게?"

"다치셨다는 말을 들었습니다."

"……무율이가 연락한 모양이구나."

명천이 눈살을 찌푸렸다.

누가 연락했는지 짐작이 가서였다.

"괜찮으십니까?"

"보다시피 멀쩡하다."

"흠."

명천이 두 팔을 활짝 펼쳤으나 유하성은 고개를 저었다.

딱 봐도 상태가 썩 좋지 않아서였다.

"진짜다. 자잘하게 스친 게 많아서 혹시 몰라 붕대를 감아 놓은 거다. 근데 무당산은 어찌하고 이곳에 온 게냐?"

"그래서 저 혼자 왔습니다. 개방과 제갈세가와 연계해서 주변을 정리했으니 당분간은 큰 문제 없을 겁니다."

"이곳하고도 가깝지 않습니까."

조용히 묵례를 했던 이춘상이 슬그머니 한마디를 보탰다.

걱정되는 마음은 알겠지만 총단에서 무당산까지의 거리는 그렇게 멀지 않았다.

오히려 가장 가까운 편에 속했기에 명천의 걱정은 살짝 과한 감이 있었다.

그렇다고 무당파가 작은 문파도 아니었고 말이다.

"취선한테 가야 하지 않겠나? 여기부터 온 걸 알면 서운해 할 텐데."

"저희 사부님께서는 마음이 하해와 같으셔서 괜찮습니다. 찾아가도 처소에 안 계실걸요."

"제자라 그런가 역시 잘 아는군."

명천이 실소를 흘렸다.

누가 제자 아니랄까 봐 취선을 정확히 알고 있어서였다.

친구인 자신이 이렇게 누워 있음에도 찾아오지 않는 게 취선이었다.

"하성이와 함께 왔는데 인사를 안 드리는 건 예의가 아닌 것 같아서 찾아온 겁니다. 인사도 드렸으니 전 이만 나가 보겠습니다. 그럼."

예의 능글맞은 표정으로 이춘상이 고개를 꾸벅 숙여 인사한 후 방을 나섰다.

그러자 방 안에는 유하성과 명천만 남게 되었다.

"저 녀석은 여전하구나."

"일관성이 있는 친구입니다."

"후후!"

명천이 고개를 주억거렸다.

정말 한결같은 모습을 보여 주어서였다.

"누구에게 당하신 겁니까?"

"무율이가 말해 주지 않더냐?"

"간략하게 들었습니다."

"어떻게?"

"총표파자에 이어 귀단문주를 상대하셨다고 들었습니다."

유하성의 시선이 명천의 팔다리로 향했다.

무당산에서 헤어졌을 때와 달리 명천의 온몸에는 붕대가 감겨 있었다.

내상도 입은 듯해 보였고 말이다.

그게 유하성은 보면서도 믿기지 않았다.

"다 들었네."

"두 사람이 그렇게 강합니까?"

"정확하게는 귀단문주가. 총표파자는 별거 아니었어. 산 적들의 왕이라고 하나 그래 봤자 산적 두령일 뿐이지. 근데 귀단문주는 위험해. 아주 위험한 녀석이야."

명천의 목소리가 가라앉았다.

늘 여유로웠던 그가 지금은 경계심을 드러내고 있었다.

"그 정도입니까?"

"그래. 내가 멀쩡했어도 승산을 장담할 수 없을 정도로. 물론 끝까지 싸웠다면 내가 이겼을 거야. 다만 상처는 지금보다 더 심했겠지."

"한마디로 천하십대고수급이라는 말씀이네요."

"맞아."

명천이 얼굴을 찡그렸다.

인정하기 싫지만 인정할 수밖에 없었다.

그 정도로 귀단문주는 강자였다.

그것도 단순히 강한 게 아니라 상대하기 상당히 까다로운 강자였다.

　'소문주도 꽤 강했었지.'

　유하성의 눈빛이 침중해졌다.

　무당산으로 돌아가는 길에 마주쳤던 중년인을 떠올렸던 것이다.

　그리고 승부가 기울자 귀신같이 중년인을 데리고 내뺐던 추노도 떠올랐다.

　"귀단문의 소문주를 상대해 보았으니 넌 어떤 느낌일지 알겠구나."

　"예. 근데 귀단문주는 치명적인 약점을 보완한 모양이네요."

　"그래서 더 무서운 거지."

　자세하게 설명하지 않았음에도 명천은 단박에 알아들었다.

　유하성이 소문주를 어떻게 공략했는지 그 역시 알고 있어서였다.

　"확실히 까다롭겠네요. 거기다 폭정단까지 먹으면."

　"귀단문 녀석들은 안 먹더구나. 무슨 이유가 있는 건지 지금껏 단 한 번도 먹지 않았어. 분명 먹으면 더 강해질 텐데 말이지."

　유하성이 의외라는 표정을 지었다.

폭정단을 만든 곳이 정작 먹지를 않는다고 하자 이상했던 것이다.

"그건 의외네요."

"이유가 있는 거겠지. 안 그래도 총군사가 조사하고 있는 중이다. 폭정단도 문제지만 가장 큰 문제는 폭혈단이니까. 일반 양민들이 그거 먹고 달려든 게 열 번이 넘어. 자객답지 않은 자객이라고나 할까."

폭혈단의 무서움이 바로 이것이었다.

일반 양민이 얻게 되는 무인을 죽일 정도의 힘도 힘이지만 자객인지 아닌지 구분이 되지 않는다는 것이었다.

출입을 철저하게 확인, 관리하고 있지만 규모가 큰 만큼 구멍이 있을 수밖에 없었다.

'더욱이 더 큰 문제는 번천회는 사용할 수 있지만, 우리는 그럴 수 없다는 것이지.'

대의명분을 중요시하는 정도무림이 비겁한 수를 쓰는 건 제 살 파먹기밖에는 되지 않았다.

물론 별동대나 특작조를 투입할 수는 있으나 폭혈단과 같은 수법은 쓸 수 없었다.

"그것 때문에 군사부가 골치를 썩이고 있어. 인력은 한정적인데 신경 써야 하는 곳은 한둘이 아니니까. 게다가 피해가 계속 발생하고 있고."

"오면서 대략적으로 듣긴 들었습니다."

"그런데도 이곳에 온 거냐?"

"사백님이 걱정되어서요. 이제는 적은 나이가 아니지 않습니까. 거기다 심각한 부상까지 입었다고 하니."

"멀쩡한 거라니까!"

나이가 들어 유순해지긴 했어도 남자로서의 자존심이 사라진 건 아니었다.

더구나 그는 천하를 호령하던 무당검선이었다.

그렇기에 명천은 강하게 부정했다.

"뭐, 그렇다고 해 두죠."

"끄응!"

대답과는 달리 전혀 믿는 기색이 아닌 유하성의 모습에 명천이 앓는 소리를 냈다.

여기서 더 변명하면 자신만 초라해질 것 같아서였다.

"중원수호맹에서 잘 치료해 주겠지만 그래도 무리하지 마시고 푹 쉬고 계세요."

"넌 언제 돌아갈 거야? 번천회가 그동안 한 짓을 생각하면 무당산을 너무 비워 두는 건 좋지 않아. 명덕이가 있다고 하지만 난 네가 가장 믿음직스럽다."

명천이 슬그머니 권유했다.

말한 대로 유하성이 가장 믿음직스럽기도 했지만 이 정도의 대규모 전투에는 변수가 너무 많았다.

유하성만 콕 짚어 지켜 줄 수가 없기에 명천은 만약의 사태에 대비해 유하성만은 후방으로 보내고 싶었다.

자신은 죽어도 상관없는 나이지만 유하성은 아니었다.

'내가 죽더라도 하성이만은 절대 안 된다.'

명천의 생각은 단호했다.

무슨 수를 써서라도 유하성만은 지키고 싶었다.

사제인 명덕을 잃더라도 말이다.

그리고 그게 무당파를 위해서라도 나은 선택이었다.

"무슨 생각이신지 압니다."

"아는 녀석이 여기까지 와?"

심유한 유하성의 눈을 마주하며 명천이 투덜거렸다.

어른의 마음을 알면 알아서 따라 줘야 하는데 유하성은 그런 게 전혀 없었다.

"맞고만 있는 건 제 성격이 아니라서요. 위험이 있다면 그 근본적인 이유를 없애 버리는 게 가장 확실하지 않겠습니까."

"내가 해 준다니까."

"흐음."

유하성은 대답 대신 침상에 앉아 있는 명천을 지그시 바라봤다.

그러자 명천이 입술을 삐죽 내밀었다.

"가라, 가!"

"저녁 식사 때 찾아뵙겠습니다. 그럼 쉬십시오."

"어휴."

통보하듯 말하는 유하성의 모습에 명천이 고개를 절레절레 저었다.

하지만 한편으로는 마음이 든든했다.

유하성 한 명이 온 것뿐인데 이상하게 심적으로 편안해졌던 것이다.

"나도 늙었나."

방문 쪽을 주시하던 명천이 고개를 들어 창밖을 바라봤다.

구름 한 점 없는 청명한 하늘이 눈에 들어왔으나 이상하게 명천은 허한 느낌이었다.

몸이 다쳐서 그런가 마음도 약해진 듯한 느낌에 명천은 멍하니 하늘을 올려다봤다.

달칵!

취선의 처소에 도착한 이춘상은 대뜸 방문을 열었다.

문을 두드리기는커녕 그냥 열어 버렸던 것이다.

"역시."

방 안으로 들어가지 않고 밖에서 실내를 둘러보던 이춘상이 피식 웃었다.

역시나 예상했던 대로 방 안에는 아무도 없어서였다.

사용한 흔적은 곳곳에 있었으나 정작 방의 주인은 코빼기도 보이지 않았다.

"내가 이럴 줄 알았다니까."

군데군데 떨어져 있는 흰머리를 확인하며 이춘상은 망설이지 않고 몸을 돌렸다.

사부가 없으니 다른 사람이나 만날 생각이었다.

잠시 후 이춘상은 서문세가가 자리 잡고 있는 전각으로 향했다.

서문광이 중원수호맹 총단에 와 있다는 소식을 들었기에 얼굴이나 볼 생각이었다.

"어?! 이 소협님!"

배정받은 전각에 마련되어 있는 연무장 한쪽에서 홀로 구슬땀을 흘리며 수련하던 서문광이 털레털레 걸어오는 이춘상을 발견하고는 퍼뜩 놀랐다.

무당산에 있다고 한 이춘상이 이곳으로 오자 깜짝 놀란 것이었다.

"여어."

땀범벅인 얼굴로 한달음에 달려오는 서문광의 모습에 이춘상이 히죽 웃으며 손을 흔들었다.

그러나 건들거리는 그의 인사에도 서문광은 환하게 웃었다.

또한 연무장에 있던 서문세가의 무인들도 이춘상의 행동

이 무례하다고 생각하지 않았다.

이춘상을 처음 보는 이들이 대부분이었으나 소가주인 서문광과 어떤 사이인지 알았기에 다시 수련에 열중했다.

"무당산에 계신 거 아니었어요?"

"일이 있어서 왔어. 거리가 그리 먼 것도 아니고. 겸사겸사 사부님도 뵐 겸?"

"하하하."

여전한 모습에 서문광이 웃었다.

아마 취선을 겸사겸사 보러 왔다고 말할 수 있는 사람은 무림에서 이춘상밖에 없을 터였다.

"근데 나 깜짝 놀랐잖아. 네가 총단에 있다고 들어서."

"가주님께서도 놀라셨어요. 당연히 본가에 남아 있을 거라 생각하셨거든요."

"왜 온 거야?"

"더 이상은 도망치지 않으려고요. 무공은 약하지만, 그래도 제가 할 수 있는 게 있을 테니까요. 비록 눈에 보이지는 않겠지만 소가주로서 서문세가를 위해 나서야 한다고 생각했어요."

"오오, 사나이가 다 됐는데?"

이춘상이 씨익 웃었다.

용봉회를 계기로 많이 달라졌다고 느끼긴 했는데 지금은 완전한 남자가 되어 있었다.

처음 봤던 소심한 소년은 사라지고 남자가 되어 가는 모습에 이춘상이 대견하다는 듯이 서문광을 바라봤다.

"아직 갈 길은 멀지만요. 하하."

"시작이 반이라는 말도 있잖아. 넌 반은 온 거야. 그리고 첫발이 가장 어려워. 사실 막상 내디디면 별거 아닌데 말이지."

"그렇게 말씀해 주셔서 감사합니다."

"감사하기는. 난 그저 사실만을 말한 것뿐인데."

이춘상은 서문광의 어깨를 두드렸다.

지금 생각해 보면 처음의 인연은 참 별거 없었다.

명문세가의 자제가, 그것도 오대세가에 속해 있는 황보세가의 소가주라는 녀석이 뒷골목 왈패나 할 법한 행동을 서슴없이 했기에, 그리고 아무도 나서지 않았기에 사뿐히 지르밟아 준 게 전부였다.

그런데 그게 지금의 인연을 만들었다.

'어떻게 보면 나도 좋은 영향을 끼친 거겠지?'

이춘상이 속으로 히죽 웃었다.

막 엄청나거나 대단한 변화는 아닐지 몰라도 충분히 가치 있는 일이었다는 생각이 들어서였다.

어쩌면 그 선택으로 서문광의 인생이 달라질지도 모르고.

일단 서문예지의 인생은 확실하게 변했다고 생각했다.

'서문예지라면 거지를 때려치워도……'

순간 이춘상은 악마의 속삭임을 들었다.

이 정도 인연이라면 무림삼화 중 한 명인 서문예지와도 이어지지 않을까 하는.

휘휙!

하지만 다행스럽게도 이춘상은 빠르게 제정신을 차렸다.

서문예지의 미모가 여전히 아른거렸지만 그는 개방의 후개였다.

여인 때문에 사문에 등을 돌리는 건 말도 안 되는 일이었다.

'흐미, 아까워라.'

물론 그렇다고 해서 아쉬움이 없는 건 아니었다.

다른 이도 아니고 미모로 중원에서 세 손가락 안에 드는 여인이 서문예지였다.

아쉽지 않다면 거짓말이었다.

"괜찮으세요? 안색이 안 좋으세요."

"방금 전 천국과 나락을 왔다 갔다 했거든. 상상이긴 하지만."

"안 좋은 일 있으세요?"

"그런 건 아니고. 근데 실력이 꽤 늘었다?"

이춘상이 자연스럽게 화제를 돌렸다.

그러나 틀린 말은 아니었다.

무당산에서 열린 용봉회 때에도 서문광은 많이 발전했었

는데 지금은 그때보다 훨씬 성장해 있었다.

일단 육신이 달라져 있었다.

"몸이 어느 정도는 다 자란 것 같아서 외공에도 신경 쓰고 있습니다. 내공은 시간이 걸리지만 외공은 초반에 성취가 빠르니까요. 내외공의 조화가 중요하다고 생각하고요."

"아주 중요하지. 하나에만 치우쳐 있어서는 절대 절정에 오를 수 없으니까. 한 우물만 파는 것도 방법이긴 한데, 그건 웬만한 수준으로는 불가능하고."

외공은 한계가 명확하다고 알려져 있었다.

그 어떤 외공을 대성하더라도 절정고수를 이길 수 없는 게 강호의 정론이었다.

하지만 예외는 존재했다.

그걸 증명한 외공고수들이 소수이지만 분명히 존재했었고.

"저도 그걸 알아서 같이 익히려고요. 원래 외공이 부족하기도 했었고요."

"일단 어깨는 확실히 넓어졌네. 아주 보기 좋아."

"사실 저도 그게 가장 마음에 들어요. 하하하."

서문광이 환하게 웃었다.

너무 왜소해서 머리를 풀었을 때 뒷모습만 보면 여자인지 남자인지 구분이 가지 않았었다.

그러나 지금은 달랐다.

떡 벌어진 어깨로 인해 누가 봐도 남자로 보였다.

"의욕은 좋은데, 너무 무리하지는 마. 투지는 필요하지만 오만은 버려야 해."

"명심할게요."

"내가 너무 잔소리했다. 그럼 난 이만 가 보마."

"벌써 가시게요? 차라도 한잔하시고……."

"인사하러 온 거야. 네 시간을 빼앗으면 안 되지. 나도 따로 할 일이 있고. 총단에 놀러 온 게 아니라서 말이야."

아쉬움 가득한 서문광의 표정에 이춘상이 씨익 웃었다.

이런 기분이 썩 나쁘지 않아서였다.

후개로서 어딜 가나 대우를 받긴 했지만 이렇게 진심으로 그를 대해 주는 이는 몇 없었다.

"총단에 언제까지 계세요?"

"글쎄. 일단은 하성이를 따라온 거라 언제까지 머물지 모르겠네. 근데 아마 당장 떠나지는 않을 거야. 빨라도 내일?"

"그럼 저녁 식사를 같이하시는 건 어떠세요? 가주님께서 이 소협님을 한번 뵙고 싶어 하셔서요."

"호오. 가주님께서 나를?"

이춘상이 두 눈을 동그랗게 떴다.

서문세가가 비록 오대세가에 들지 못한 무가라고 하나 그래도 엄연히 명문세가 중 한 곳이었다.

지금은 세가 조금 기울어 흔히 말하는 십대세가에도 속하지 못했지만 열다섯 개의 가문을 꼽으면 그 안에는 충분히 들어갔다.

그런 가문의 주인이 자신을 보고 싶어 한다는 말에 이춘상이 두 눈을 껌뻑거렸다.

"제가 몇 번 말씀드렸거든요."

"뭐, 밥 한 끼 먹는 거야 얼마든지 가능하지. 근데 하성이도 데려오라는 건 아니지?"

"어, 같이 오면 좋겠다고 말씀은 하셨어요."

"역시 하성이가 목적이었나."

이춘상의 얼굴이 대번에 일그러졌다.

목표가 자신이 아님을 본능적으로 느낄 수 있어서였다.

그런데 서문광은 그 모습을 보자마자 양손을 흔들었다.

"아니에요. 유 공자님은 가주님께서 개인적으로 궁금해하셔서 그래요. 먼저 초대하고 싶다고 한 건 이 소협님이에요."

"그으래?"

"네."

살짝 빈정이 상했었으나 이어지는 서문광의 말에 이춘상은 헤벌쭉 웃었다.

다행히 서문세가에서는 들러리가 아닌 것 같아서였다.

"그럼 이따가 보자고."

"예! 조심히 가세요."

"그래그래."

히죽 웃는 얼굴로 이춘상이 몸을 돌려 손을 크게 흔들었다.

얼굴도 보지 않고 인사했던 것이다.

하지만 이러는 게 한두 번도 아니었기에, 그리고 서문광은 개인적으로 멋있다고 생각했기에 두 눈을 반짝였다.

실력 없는 이가 저러면 허세이고 건방짐이었지만 이춘상 정도라면 충분히 저래도 될 자격이 있었다.

'나도 언젠가는!'

예전부터 천부적인 재능으로 유명했던 이춘상과 자신을 비교하는 건 말도 안 되는 일이었지만 서문광은 긍정적으로 생각했다.

애초에 서문광의 목표는 천하제일인이 아니었다.

허황된 꿈을 꿀 바에야 현실적인 목표를 설정하는 게 나았다.

그래서 서문광의 목표는 천하십대고수였다.

'유 공자님과 이 소협님은 자신이 없지만, 다른 이들이라면……!'

더욱이 구룡 중 여섯 명이 죽거나 폐인이 되었기에 서문광은 스스로의 노력 여하에 따라 충분히 가능하다고 생각했다.

불가능하다 하더라도 일단은 할 수 있는 데까지는 노력할 생각이었다.

쫙! 쫙!

가볍게 양쪽 뺨을 손바닥으로 두드리며 서문광이 다시 한
번 다짐했다.

그러고는 어느새 말라 버린 땀을 느끼며 연무장으로 향했
다.

"어서 오십시오, 사숙."

"오랜만이야. 잘 지내셨습니까, 장문사형."

기척을 느낀 듯 문을 열어 주는 원일에게 고개를 끄덕여
준 후 유하성은 앉아 있는 무율을 향해 인사했다.

그러자 인자한 미소와 함께 무율이 자리를 권했다.

"오느라 고생했네."

"춘상이 덕분에 편하게 왔습니다."

"길을 잘 아는 친구이니. 사부님께 먼저 다녀온 겐가?"

"예."

"한 소리 들었겠어."

무율은 보지 않아도 충분히 예상할 수 있었다.

사부가 어떤 반응을 보이고 말을 했을지가 말이다.

"잔소리야 늘 듣지요."

"그래도 역정은 못 내셨을 게야."

"예."

명천이 유일하게 큰소리를 내지 못하는 인물이 바로 눈앞에 앉아 있는 유하성이었다.

지은 죄가 있기에 아마 앞으로도 유하성에게는 크게 혼내지 못할 터였다.

"총단은 어떤가?"

"전체적으로 부산스럽네요. 분위기도 썩 좋지 않고."

무율이 고개를 주억거렸다.

아무래도 연합체이다 보니 하나로 단단히 뭉쳤다기보다는 서로 힘을 합쳤다는 표현이 맞았다.

거기다 잊을 만하면 번천회의 기습공격이 이어졌기에 전체적으로 사기 역시 그리 좋지 않았다.

"그래도 차차 나아질 거라 생각하네. 맹주직이 공석인 것도 이유일 테고."

"슬슬 정해질 때가 되지 않았습니까?"

"원하는 사람은 실력이 부족하고, 무위와 명망이 되는 분은 앉기를 거절하고 계셔서 아무래도 시간이 좀 더 걸릴 것 같네."

"그렇습니까."

무율의 말을 들으니 유하성의 머릿속에 떠오르는 몇몇 이들이 있었다.

하지만 굳이 묻지는 않았다.

그가 무당파 소속이기는 하나 중원수호맹에서는 아무런 직위도 없어서였다.

딱히 궁금하지도 않았고.

"다행스러운 건 번천회 역시 상황이 비슷하다는 것이네."

"철기방주와 일독문주의 실력이 상당하다고 들었습니다. 귀단문주도 무시할 수 없는 강자고."

"대단하지. 특히 귀단문주는. 의외인 건 철기방주이고. 성승을 상대로 전혀 밀리지 않았으니까."

중원수호의 기치 아래 창설된 중원수호맹의 분위기가 좋지 않은 이유가 바로 이것이었다.

천하제일인으로 추앙받는 이가 다름 아닌 소림사의 성승이었다.

그런데 그 성승을 상대로 철기방주는 밀리지 않는 무위를 선보였다.

때문에 번천회의 사기는 끝없이 올라간 상태고 반대로 중원수호맹의 사기는 떨어질 대로 떨어진 상태였다.

"거기다 귀단문주도 있으니."

"정당한 대결은 아니었네. 사부님 역시 전력을 다하진 않으셨고."

부상을 입기는 했으나 명천이 패배한 건 절대 아니었다.

다만 생각보다 귀단문주가 강했을 뿐이다.

거기다 가세한 귀단문의 전력이 상상 이상이었었고.

그리고 그건 철기방도 마찬가지였다.

"들은 대로 만만치 않네요."

"수적으로도 벌써 두 배 이상 차이가 나고 있고."

무율이 무거운 어조로 찻잔을 들어 올렸다.

그동안 천하를 지배한 정도무림에 반발을 가진 자들이 상당히 많았다.

정확하게는 기득권층을 향한 반발이 말이다.

거기다 등을 돌린 속가문파들과 방계들로 인한 타격도 컸다.

"아직 십천 중 한 곳이 밝혀지지 않기도 했고요."

원일이 조심스럽게 입을 열었다.

당면한 문제가 하나 더 있음을 주지시켰던 것이다.

"그 문제도 남아 있고."

"굳이 찾을 필요는 없다고 생각합니다."

"음?"

무율은 물론이고 원일도 눈을 동그랗게 뜨고 유하성을 쳐다봤다.

불필요하다는 말에 의아함을 드러냈던 것이다.

"싸우다 보면 자연스럽게 드러날 거라고 생각합니다. 그리고 무림의 전쟁은 국가의 전쟁과 다르지 않습니까."

"그 말은."

"승패를 결정하는 건 차지하고 있는 땅이 아니라 수뇌부의

武當霸王
무당
패왕

유무라고 생각합니다. 수적으로 불리한 건 사실이지만 그게 승패를 좌지우지한다고 생각하지는 않습니다."

"그렇지."

무율이 고개를 주억거렸다.

강호문파들의 전쟁과 국가 간의 전쟁은 많이 달랐다.

국가 간의 전쟁이 땅따먹기 싸움이라면 무림에서의 전쟁은 강자들의 싸움이었다.

한 명의 절대고수로 인해 승패가 뒤집어지는 건 강호에서 흔한 일이었다.

"더구나 결집력이 약한 건 번천회도 마찬가지입니다. 냉정하게 보면 오히려 중원수호맹보다 더 안 좋죠."

"흠."

무율이 작게 고개를 끄덕였다.

현재까지의 규모는 중원수호맹보다 번천회가 훨씬 컸다.

하지만 번천회 역시 한마음 한뜻으로 뭉쳐 있는 건 절대 아니었다.

핵심이라 할 수 있는 십천만 하더라도 끈끈한 관계라기보다는 하나의 목적을 위해 협력하는 관계일 뿐이었다.

"사숙께서는 십천을 노려야 한다는 말씀이시군요."

"금적금왕이라는 말도 있으니까. 더불어 확실하게 적의 전력을 깎아 낼 수 있는 방법이기도 하고. 거기에 분열까지 조장하면 금상첨화겠지."

"산적에 수적, 도둑, 기녀 들이 전부 모여 있으니 서로가 서로를 신뢰하기는 쉽지 않을 듯합니다."

원일이 헛웃음을 흘렸다.

이렇게 말하고 보니 정말 서로서로 믿기가 힘들 수밖에 없어서였다.

거기다 정도무림을 배신하고 휘하로 들어온 이들까지 생각하면 더더욱 믿음을 갖기가 힘들 터였다.

한 번 배신한 이가 두 번 배신하는 건 너무나 쉬운 일이었으니까.

"말은 쉽지만 문제는 어떻게 그걸 하느냐이지. 그렇다고 정면으로 쳐들어가기에는 숫자가 너무 많네."

무율이 무거운 어조로 말했다.

거기다 시기도 썩 좋지 않았다.

곧 겨울이 오기에 담판을 지으려면 서둘러야 했다.

하지만 문제는 아직 조직 개편이 다 끝나지 않았다는 점이었다.

'거기다 아는 얼굴들이 많고 말이지.'

배신을 했다고 하나 짧게는 수년, 길게는 수십 년을 보아 왔던 이들이 번천회에 있었다.

명문세가의 경우 혈족이 배반을 하고 번천회로 넘어갔다.

그렇다 보니 몇몇은 손을 쓸 때 주저할 수밖에 없었다.

모두가 냉철하고 냉정한 성정을 가진 건 아니었으니까.

武當霸王
무당
패왕

'반대로 배신감에 치를 떠는 이들도 있지만, 중요한 건 한 사람으로 인해 크나큰 변수가 발생할 수도 있다는 점이니까.'

한마디로 아직은 대대적인 전면전을 치를 준비가 되어 있지 않았다.

적어도 무율은 그렇게 생각했다.

당장 무당파만 하더라도 속가문파들을 향해 아무렇지 않게 살수를 뿌릴 수 있다고 장담하지 못했다.

물론 무율은 전투가 시작되면 개인적인 감정은 치워 두고 오직 무당파를 위해 싸울 것이었다.

"아마 번천회 역시 그렇게 생각하고 있을 겁니다. 그래서 간헐적으로 공격하는 것일 테고요."

"총군사도 그러더군. 더불어 우리의 전력도 약화시킬 겸. 쓰고 버릴 패가 번천회에는 많으니까. 그런데 그걸 보면 좀 씁쓸하네. 우리가 그렇게 잘못했나 싶기도 하고."

"저는 생각이 다릅니다. 번천회가 머리를 잘 썼고, 잘 이용한다고 생각합니다."

자책하는 듯한 무율을 보며 유하성은 고개를 저었다.

꼭 잘못했다고 보기는 힘들어서였다.

아무리 잘해 줘도 모든 사람을 만족시킬 수는 없었다.

오히려 왜 더 잘해 주지 않았냐고 따지는 게 사람이었다.

그래서 유하성은 번천회가 이런 사람의 마음을 잘 파고들었다고 생각했다.

가슴 깊은 곳에 자리 잡은 불만을 끄집어냈다고나 할까.

어쩌면 불씨를 피운 것일지도 몰랐다.

"사제의 말도 맞다고 생각하네. 그런데 나도 사람인지라 이런 생각이 안 들 수가 없더군."

"그래서 더더욱 저는 십천을 노려야 한다고 생각합니다. 피해를 최소화하기 위해서라도."

"사실 알려지지 않아서 그렇지 우리도 번천회를 공격했었다네. 성과가 없어서 그렇지."

중원수호맹이라고 해서 가만히 당하고만 있지는 않았다.

번천회가 했던 것처럼 소수정예로 후방을 공격했다.

하지만 안타깝게도 결과는 전부 다 실패였다.

"그렇습니까."

"물론 그때는 십천 중에 하오문과 흑점이 있다는 사실을 몰랐을 때지만. 정확하게는 심증만 있었던 때였네. 거기다 물길을 저쪽에서 꽉 잡고 있으니."

"수적들이 동정호에 전부 다 모여 있겠군요."

번천회의 총단은 호남성 장사에 있었다.

그리고 장사는 동정호의 물길이 닿아 있는 지역이었다.

그렇다 보니 중원수호맹으로서는 물길을 전혀 이용할 수 없는 상황이었다.

수로를 사용하지 못한다는 건 오직 육로로만 이동해야 한다는 걸 뜻했고, 이건 달리 말하면 그만큼 이쪽의 행적을 파악하기 쉽다는 걸 뜻했다.

"정확하네. 일단 선박의 숫자가 비교불가이니. 배를 만드는 건 문제가 아닌데 운용할 수 있는 인력이 턱없이 부족하네."

"그렇겠군요."

어부 못지않게 물에 익숙한 이들이 수적이었다.

뭍에서는 큰 힘을 발휘하지 못하지만 대신 물에서는 그 어떤 무인보다 자유롭게 움직이는 게 수적들인 만큼 물 위에서의 전투는 중원수호맹이 불리할 수밖에 없었다.

그렇다고 수적들이 뭍으로 올라올 리도 없었고.

"여러모로 골치 아픈 상황이네. 거기다 우리는 새외무림의 상황도 신경 써야 하는 입장이니."

툭. 툭. 툭.

유하성이 손가락으로 탁자를 두드렸다.

앓는 소리만 하는 게 아니라 실제로 상황이 그리 좋지 않았다.

그리고 이건 달리 말하면 그만큼 번천회의 준비가 잘되어 있단 뜻이기도 했다.

"반대로 생각해 보죠."

"반대로?"

"예. 현재 수로가 제한당한 상태이지 않습니까. 그런데

반대로 생각하면 여기를 해결하면 선택지가 많아진다는 뜻
이죠."

"그렇지."

무율이 두 눈을 껌뻑거렸다.

너무 당연한 얘기에 순간 김이 빠진 것이었다.

그러나 이어지는 말에 무율은 눈을 부릅떴다.

정말 상상조차 못 한 말이 나와서였다.

"허어!"

그리고 그건 잠자코 듣고 있던 원일 역시 마찬가지였다.

그 역시 두 눈을 휘둥그레 뜨고서 유하성을 쳐다봤다.

전체적으로 침체되어 있는 총단의 분위기에 황보태석이
입매를 비틀었다.

지금의 분위기가 마음에 들지 않아서였다.

특히 유하성과 이춘상이 총단에 왔다는 사실이 그의 심기
를 불편하게 만들었다.

"그 두 명이 뭐가 그리 대단하다고."

황보태석이 투덜거렸다.

물론 그도 두 사람의 실력은 인정했다.

이제는 죽은 무룡 범구가 단 일 초식에 제압되던 걸 그 역

시 봤으니까.

하지만 이 정도로 무인들에게 선망과 추앙을 받을 정도라고는 생각하지 않았다.

"권패는 무슨."

그중 황보태석을 가장 언짢게 하는 게 바로 유하성의 별호였다.

파산권이던 별호가 권패로 바뀐 것도 거슬리는데 공석이 되어 버린 구룡의 자리에 신룡으로 넣어야 한다는 말이 사방에서 심심찮게 흘러나오자 황보태석은 짜증이 치솟았다.

자신에게 망신을 준 이춘상과 친한 유하성이 이렇게나 인정받는다는 게 너무나 마음에 들지 않아서였다.

"후우!"

그러나 황보태석도 인정할 건 인정했다.

자신의 실력이 두 사람에게 미치지는 못한다는 것을 말이다.

아주 조금 격차가 있다는 걸 황보태석은 순순히 인정했다.

"비록 지금은 내가 뒤처져 있지만 나중에는 반대로 변해 있을 것이다."

황보태석이 으르렁거렸다.

지금의 굴욕을 절대 잊지 않겠다는 듯이 말이다.

그리고 실제로 그는 노력하고 있었다.

비어 있는 구룡의 자리를 차지하기 위해서 말이다.

뎅뎅뎅!

그때 동쪽에서 다급한 경종 소리가 울려 퍼졌다.

또 번천회가 습격한 모양이었다.

"소가주님!"

사방에 울려 퍼지는 경종 소리에 황보세가의 무인들이 헐레벌떡 뛰어나왔다.

황보태석의 위치를 파악하기 위해 우르르 몰려나온 것이었다.

"준비해. 우리도 간다."

"예?"

"전투하러 간다고!"

"하오나 아직 적들에 대한 정보가⋯⋯."

"가면서 들으면 되지!"

황보태석은 그리 말하며 몸을 날렸다.

갑작스러운 습격인 만큼 누구도 현재 상황에 대해서 알지 못했지만 그건 가서 보면 될 일이었다.

더욱이 이곳은 중원수호맹의 총단이었다.

번천회의 전력이 들이닥치지 않는 한 그가 위험해질 가능성은 희박했다.

'그러니까 전공을 세워야지!'

황보태석의 두 눈이 번뜩였다.

개인의 무력으로는 당장 이춘상과 유하성을 따라잡을 수

무당
패왕

없었다.

하지만 명성은 무력으로만 얻는 게 아니었다.

장군도 무장과 지장이 있듯이 휘하의 병력과 함께 승리하면 그 전공은 고스란히 자신의 것이 되었다.

'중요한 건 천하에 내 이름을 각인시키는 거다. 황보세가의 소가주이자 산동성의 호랑이라 불리는 내가 있음을 말이다!'

다른 때였다면 그가 주목을 받기 힘들었겠지만 지금은 달랐다.

구룡 중 여섯이 사라졌기에 제대로 활약만 하면 공석이 된 자리에 그가 들어갈 수도 있었다.

때문에 황보태석은 무사들을 이끌고 동문(東門)으로 향했다.

"숫자가 꽤 많습니다."

"폭정단을 먹은 것 같은데."

"기운이 불안정한 걸 보니 저도 그렇게 생각합니다."

황보태석을 따라온 대주가 동의하듯 고개를 주억거렸다.

하지만 그 말은 에둘러 위험하다고 표현한 것이었다.

그러나 황보태석은 그걸 알면서도 못 들은 척했다.

"우리도 전장에 합류한다."

"위험합니다, 소가주님."

"위험하지 않은 전쟁도 있나?"

"조금 더 병력이 온 뒤에……."

"그럼 늦어. 내가 혼자 싸우겠다는 게 아니다. 호왕대(護王隊)와 같이 싸울 거다."

이어지는 황보태석의 말에 호왕대주가 속으로 안도의 한숨을 내쉬었다.

혹여나 명성을 위해 혼자 달려 나가겠다고 할 줄 알았는데 그래도 현실을 어느 정도는 파악하고 있는 듯했다.

"소가주가 싸우겠다는데 당연히 같이 싸워야지!"

"삼 장로님!"

호왕대주와 마찬가지로 황보태석을 따라온 호왕대원들이 내심 안도할 때 칼칼한 목소리가 장내를 갈랐다.

익숙한 삼 장로의 목소리에 호왕대주의 고개가 돌아갔다.

"나도 함께 싸워 주겠소이다."

"감사합니다, 삼 장로님."

생각지도 못한 지원군에 황보태석의 얼굴이 밝아졌다.

호왕대에 삼 장로라면 강기를 휘두르는 백 명 정도는 충분히 해볼 만하다는 생각이 들어서였다.

게다가 황보세가만 싸우는 게 아니라 다른 무문들과 군소방파의 무인들도 있었기에 부담은 더더욱 줄었다.

"가자!"

황보태석은 오히려 다른 이들과 함께 전공을 나눠 가져야 한다는 게 마음에 들지 않았다.

그래서 황보태석은 포효하듯 크게 소리치며 몸을 날렸다.

주위의 시선을 자신에게로 확 끌어당겼던 것이다.

"음?"

선봉장처럼 거침없이 달려가던 황보태석의 눈썹이 꿈틀거렸다.

습격해 온 적들 중에 익숙한 이들이 보여서였다.

바로 황보세가의 방계들이 섞여 있는 모습에 황보태석은 살기를 띠고서 달려들었다.

"황보태석!"

마찬가지로 방계들 역시 황보태석을 발견하고는 곧장 달려왔다.

쌓인 게 있는 건 그들 역시 마찬가지라는 듯이 살기등등한 기세로 벼락같이 쇄도했다.

꽈아아앙!

그러나 황보태석은 흥분한 상태임에도 절대 혼자 상대하지 않았다.

권강을 펼칠 수는 있으나 실전에서 사용하는 건 아직 무리였다.

게다가 시간이 지나면 알아서 쓰러질 이들을 굳이 혼자서 상대할 필요는 없었다.

"어딜!"

살기를 흩뿌리며 달려드는 방계들에 맞서 호왕대주와 부대주가 황보태석의 양옆을 지켰다.

혼자 상대하겠다고 고집을 부리면 모르겠으나 애초에 같이 싸우겠다고 했기에 둘은 망설이지 않고 먼저 공격했다.

콰앙! 쾅!

하지만 절대 정면으로 강기를 맞받아치지 않았다.

굳이 상대가 원하는 방식으로 싸울 필요는 없어서였다.

폭정단과 폭혈단이 많이 풀린 만큼 이에 따른 대응법 역시 나온 상태였다.

그렇기에 호왕대는 물론이고 다른 무인들도 어렵지 않게 적들을 상대했다.

"이익!"

"같이 죽자!"

퍼어엉! 퍼펑!

절대 붙어 있지 않고 떨어져서 치고 빠지는 방식으로 공격하자 기습을 했음에도 피해가 그리 크지 않았다.

오히려 동료들의 숫자가 빠르게 줄어들자 몇몇은 싸우는 걸 포기하고 몸을 폭사했다.

이대로 가다가는 자신들만 말라 죽을 게 뻔해 보여서였다.

그러나 그마저도 이미 예상하고 있었기에 다친 이들은 있어도 죽은 이는 없었다.

"크하하하!"

특히 황보세가의 활약이 두드러졌다.

타고난 신력과 체격을 바탕으로 습격자들을 밀어붙였던

것이다.

빠각!

하지만 황보태석의 신난 웃음소리는 얼마 가지 못했다.

단 두 명의 합류로 전장의 분위기가 완전히 바뀌어서였다.

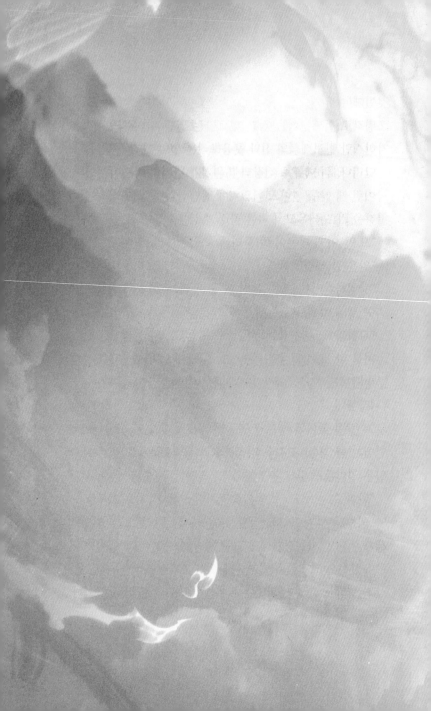

제45장 수장水葬의 귀재

"커헉!"

검강을 정면으로 박살 내며 파고드는 주먹에 장한의 안면
이 뭉개졌다.

칼을 부숴 버리고도 힘이 남았는지 주먹은 그대로 장한의
얼굴에 꽂혔다.

그리고 다시는 일어나지 못했다.

단 일격에 머리가 빠개진 것이었다.

빡! 빠각! 뿌극!

섬뜩한 파골음(破骨音)은 계속해서 들려왔다.

동문에 도착한 유하성이 달려드는 적들을 족족 날려 버렸
던 것이다.

물론 단 일격에 전부 다 즉사였다.

"진짜 무시무시하다니까."

겉으로 보기에는 맨손처럼 보였으나 유하성과 함께 온 이춘상은 알았다.

유하성의 주먹에는 내강(內罡)이 서려 있음을 말이다.

그러나 자신은 그 정도가 아니었기에 타구봉을 들고서 덤벼드는 적들의 머리통을 날렸다.

아직은 유하성처럼 강기의 밀도로 짓뭉갤 수가 없기에 충돌을 피하고 머리를 노리는 방식으로 싸웠다.

뻑! 뻐억!

비록 유하성처럼 압도적이거나 멋있지는 않았으나 속도는 비슷했다.

동작이 크고 체력 소모가 더 심하다는 단점은 있었지만 말이다.

"우와아아!"

"무당권패다!"

"옥만개도 왔다!"

그런 두 사람의 모습에 중원수호맹의 무인들이 환호성을 터트렸다.

끔찍하기 짝이 없는 적들을 추풍낙엽처럼 쓰러뜨리자 속이 뻥 뚫리는 것처럼 시원해졌던 것이다.

게다가 적들은 동귀어진을 펼치지도 못했다.

폭사할 것처럼 달려들 기미가 보이면 유하성은 동전을, 이춘상은 미리 챙겨 놓은 돌멩이를 던져 다가오지 못하게 만들었던 것이다.

으득!

그야말로 압도적인 무위에 황보태석이 이를 갈았다.

두 사람의 등장과 동시에 자신이 들러리가 되었음을 느낄 수 있어서였다.

조금 전까지만 해도 가장 큰 활약을 보인 건 황보세가였다.

그러나 지금 모두의 관심과 시선은 유하성과 이춘상에게 향해 있었다.

부르르르!

다 된 밥에 재를 뿌린 것이나 마찬가지인 두 사람의 등장에 황보태석이 분노로 몸을 떨었다.

하지만 그가 할 수 있는 건 아무것도 없었다.

두 명과 같은 활약을 펼칠 자신도 없었고 말이다.

"……소가주님."

그런 황보태석에게 호왕대주가 다가왔다.

지금 그의 심정이 어떨지 잘 알아서였다.

그러나 섣불리 위로를 하지는 않았다.

"돌아간다."

"예."

씹어 먹는 듯한 어조로 한마디를 겨우 내뱉은 황보태석이
몸을 돌렸다.

더 있어 봤자 얻을 수 있는 건 없기에 황보태석은 망설이
지 않고 걸음을 옮겼다.

"와아아아!"

"이겼다! 우리가 이겼어!"

등 뒤로 다시 한번 함성이 들려왔다.

하지만 기쁨으로 가득한 무인들의 환호성과 달리 황보태
석의 얼굴은 잔뜩 일그러져 있었다.

스스슥. 스슥.

풀벌레조차 울지 않는 야심한 밤에 일단의 무리가 소리 없
이 이동했다.

등에 무언가를 잔뜩 짊어졌음에도 조금의 발자국 소리도
내지 않고 이동하던 이들이 호수변에 멈춰 섰다.

복면을 쓰고 선두에서 길을 안내하던 이춘상이 정지하라
는 수신호를 보내서였다.

"저 녀석들 엄청 태평하네."

"자기들 앞마당이니까."

"그래서 기습당할 리가 없다고 생각하는 건가."

이춘상이 헛웃음을 흘렸다.

아무리 이곳이 앞마당이라지만 너무 안일한 것 같아서였다.

"우리로서는 좋잖아?"

"그렇긴 하지."

정박되어 있는 배들을 보며 이춘상이 고개를 주억거렸다.

대충 세어 봐도 중형 이상의 선박이 열 척이 넘었다.

작은 배들까지 합치면 서른 척 정도 되는 규모에 이춘상이 씨익 웃었다.

"편하게 처리할 수 있으니까."

"근데 진짜 궁금해서 그런데, 이런 생각은 어떻게 하는 거야? 영감처럼 파파팍 떠오르는 건가?"

"아니. 난 단순하게 생각한 건데. 사람보다는 배를 부수는 게 쉬우니까. 제아무리 물에서는 귀신같은 수적들이라고 해도 배가 없으면 아무것도 못 하니까."

"늘 생각하는 건데 넌 좀 생각하는 게 보통 사람들하고는 다른 거 같아. 그래서 면장이랑 십단금을 복원한 건가 싶기도 하고."

이춘상이 묘한 눈으로 유하성을 바라봤다.

생긴 건 멀쩡한데 하는 생각은 독특하기 짝이 없었다.

"쉽게, 그리고 내가 할 수 있는 걸 생각한 것뿐이야."

"그게 상식을 벗어나니까 그렇지."

"여기 있습니다."

유하성, 이춘상과 마찬가지로 검은색 야행복에 복면까지 한 원일이 등에 짊어지고 있던 짐을 풀어 길쭉한 장대를 건넸다.

나무가 아니라 통째 철로 된 장대였는데 얼핏 보면 날이 달려 서지 않은 창처럼 보였다.

하지만 날만 서지 않았을 뿐 뾰족한 형태라서 찌르기에는 충분히 용이했다.

"들고 오느라 고생했다."

"아닙니다. 별로 힘든 일도 아닌데요."

원일의 눈매가 반달을 그렸다.

다른 이들과 마찬가지로 그 역시 복면을 하고 있었기에 드러난 게 두 눈밖에 없어서였다.

"쉬운 일도 아니지. 무게가 상당한데."

유하성의 시선이 원일의 뒤에 서 있는 세 명에게로 향했다.

셋 다 무당파의 일대제자들이었는데 원일과 마찬가지로 이번 일에 자원한 이들이었다.

그러나 모두 힘든 기색은 전혀 없었다.

오히려 앞으로의 일이 기대된다는 듯이 두 눈을 초롱초롱하게 빛냈다.

"수련한다고 생각하니 힘들지도 않습니다. 그리고 저도

武當霸王
무당
패왕

꼭 복수하고 싶었고요. 수적들이 정말 사사건건 방해했었거든요. 죽은 속가제자들도 상당하고."

원일과 일대제자들이 괜히 자원한 게 아니었다.

네 명 다 분명한 이유가 있었다.

"창들 내려놓고 잠시 쉬고 있어. 지금부터는 나와 춘상이가 움직일 테니까."

"네."

유하성의 말에 일대제자들이 등에 메고 있던 짐을 바닥에 조심스럽게 내려놓았다.

아직 거리가 있지만 혹시 몰라서였다.

"주변은 어때?"

"너도 봐서 알잖아? 말만 보초지 제대로 경계 서는 녀석은 단 하나도 없어. 대놓고 술 마시는 놈들도 있던데?"

유하성이 일대제자들을 다독이는 사이 빠르게 주변을 둘러보고 온 이춘상이 가관도 이런 가관이 없다는 듯이 말했다.

이건 방심하는 수준이 아니라 아예 신경을 안 쓰는 수준이었다.

"그렇다면 마음 편히 던지면 되겠네."

"위치도 좋고, 방향도 좋으니까."

이춘상이 히죽 웃었다.

지금 그들이 서 있는 곳에서는 배들이 일렬로 나란히 서 있는 것처럼 보였다.

임시 선착장이었는데 수적들이 호수변을 따라 길게 대어 놓았던 것이다.

중간중간 간격이 있기는 했으나 그나 유하성에게는 상관이 없었다.

"슬슬 하나 날려 볼까."

"작전의 수립자로서 한번 보여 줘 봐. 설명과 실전은 엄연히 다른 법이니까."

"알았다."

스윽.

복면을 한 유하성이 다리를 앞뒤로 적당히 벌렸다.

그러고는 활시위를 당기듯 창대의 중간 부분을 잡고서 어깨를 뒤로 쭉 뺐다.

동시에 앞발을 살짝 든 유하성이 이내 진각을 밟으며 창을 던졌다.

쌔애애액!

육체의 힘을 극대화해서 날린 창이 무시무시한 속도로 날아가 배의 옆면을 관통했다.

속도가 얼마나 빠른지 파공성이 뒤늦게 들릴 정도였다.

하지만 더 놀라운 건 수면을 스치듯이 날아간 창이 관통한 건 커다란 배 하나만이 아니었다는 점이었다.

펑! 펑! 펑!

유하성은 창에 공력을 그리 많이 싣지 않았다.

딱 적당한 수준으로 날렸다.

이런 식의 공격은 처음이었기에 어느 정도의 위력이 나오는지 확인하기 위해서였다.

그런데 파괴력이 생각보다 상당했다.

"어후, 괴물. 그냥 처참하게 꿰뚫어 버리네. 공력도 얼마 안 쓴 거 같은데."

"위력이 약한 것보다는 낫잖아?"

"그렇긴 하지. 그럼 나도 날려 볼까."

갑작스러운 기습에 선착장은 난리가 났다.

특히 배에 구멍이 뚫려 침수가 시작되자 자고 있던 수적들이 대경실색하며 밖으로 나왔다.

몇몇은 이쪽을 쳐다보기도 했지만 어둠이 짙게 내려 있어서 그런지 제대로 파악하지 못한 낌새였다.

그때 이번에는 이춘상이 창을 날렸다.

쌔애애액!

유하성과 똑같은 자세로 이춘상이 날린 창이 침몰하는 배를 스치듯이 지나가 아직 멀쩡한 배의 옆면을 꿰뚫었다.

그 역시 시원스럽게 배에 구멍을 뚫었던 것이다.

하지만 아쉽게도 목표로 했던 네 척을 꿰뚫지는 못했다.

"칫!"

"장소를 옮기자고."

아쉬워하는 이춘상의 어깨를 두드리며 유하성이 이동했다.

배가 침몰하기까지는 시간이 제법 걸렸고, 구멍을 낸 배를 다시 공격할 이유가 없기에 유하성은 자리를 옮겼다.

겸사겸사 혼란도 주고 말이다.

퍼펑! 퍼퍼퍼펑!

위치를 옮긴 유하성은 연속으로 창을 날렸다.

아직 부숴야 할 배들이 많아서였다.

특히 그는 주로 큰 배를 노렸다.

"습격이다!"

"적을 찾아!"

"어디냐, 이 새끼들아!"

야밤의 기습에 수적들이 혼비백산하며 메뚜기처럼 뛰어다녔다.

그러나 빠져나오는 숫자들 못지않게 배와 함께 수장되는 수적들도 많았다.

배가 가라앉으면서 일으키는 소용돌이에서 빠져나오는 건 물에 익숙한 수적들이라도 쉽지 않아서였다.

거기다 술까지 취한 상태라면 두말할 필요가 없었다.

"크크큭! 꼴좋다!"

침몰하는 배 위에서 우왕좌왕하는 수적들의 모습에 이춘상이 키득거렸다.

이렇게 될 줄 알았지만 예상하는 것과 직접 보는 것은 달랐기에 속이 시원해졌던 것이다.

"슬슬 준비해."

"예."

박장대소하는 이춘상과 달리 유하성은 차분한 어조로 사질들에게 말했다.

이제는 이쪽의 위치를 알았으니 눈에 불을 켜고 달려들 게 분명했다.

"저기까지 가겠어? 우리 선에서 끝날 거 같은데."

"이왕 하는 거 확실하게 해야지. 한 놈도 빠져나가지 못하게. 여기만 공격할 것도 아닌데."

"의외로 잔인하다니까. 그나저나 저 녀석들은 꿈에도 모르겠지? 여기 있는 게 우리라는 사실을 말이야."

"확실한 흔적을 남기지 않는 한 모르겠지."

"저기다! 저곳에 놈들이 있다!"

예상했던 대로 수적들이 잔뜩 흥분하고서 달려왔다.

몇몇은 아예 헤엄치며 이쪽으로 왔다.

운 좋게 침몰하는 배에서 빠져나온 녀석들인 듯했다.

"감히 여기가 어디라고!"

"똑같이 수장시켜 주마! 사지를 자른 뒤에!"

"전부 물고기 밥으로 만들어 주마!"

배의 숫자가 상당했던 만큼 달려오는 수적들의 숫자도 제법 많았다.

침몰하는 배와 함께 죽은 이들이 꽤 될 텐데도 백 명은 족히 될 듯싶었다.

"미안하지만 이 몸은 수영하는 걸 별로 좋아하지 않아서 말이지."

뻐억!

이춘상이 장난감처럼 들고 있던 철창을 가볍게 휘둘렀다.

철창을 마치 타구봉처럼 휘둘렀던 것이다.

그런데 익숙하지 않은 병기임에도 이춘상은 꽤나 능숙하게 다루었다.

"어차피 두들겨 패는 건 똑같지!"

"켁!"

"커헉!"

철창을 조금 긴 타구봉이라 생각하는지 찌르지는 않고 그냥 냅다 두들겨 팼다.

몽둥이처럼 다루며 수적들을 흠씬 두들겼다.

그러다가 무슨 생각이 났는지 이춘상이 신나게 휘두르던 철창을 멈췄다.

"아, 이걸 깜빡했네. 혹시 이거 가지고 있는 사람?"

"히이익!"

미친놈처럼 철창을 휘두르던 이춘상이 품속에서 작은 목궤를 꺼내 보이자 수적들이 기겁했다.

뚜껑만 봐도 무엇인지 단박에 알아차렸던 것이다.

"내가 요즘에 이걸 수집하는 취미가 생겼거든. 그래서 말인데 이거 가지고 있는 사람은 좀 말해 줬으면 좋겠는데. 지금 사용해도 좋고. 응?"

스스슥!

이춘상이 잔뜩 기대하는 표정을 지었으나 수적들은 도리어 뒷걸음질 쳤다.

언제 저 진천뢰가 자신들에게 날아올지 몰라서였다.

"아무래도 없는 모양인데?"

"그러게. 실망이네. 숫자가 제법 돼서 하나 정도는 가지고 있을 줄 알았는데."

이춘상이 입맛을 다셨다.

내심 기대했는데 하나도 가지지 않은 것 같아서였다.

"아직 기대를 접긴 일러. 다 온 건 아니니까."

유하성의 시선이 주춤주춤 물러나는 수적들 너머로 향했다.

아직 살아남은 수적들이 전부 다 온 건 아니었다.

그런 만큼 기대를 버리긴 아직 일렀다.

"뭐, 여기만 있는 건 아니니까."

이춘상이 히죽 웃었다.

첫술에 배가 부르면 정말 좋겠지만 세상일이라는 게 늘 뜻대로 흘러가지만은 않았다.

게다가 가야 할 곳은 많기에 이춘상은 아쉬움을 달랬다.

"이 개새끼들!"

그때 수적들의 두목으로 보이는 강퍅한 인상의 사내가 노성을 터트리며 달려왔다.

누구보다 강렬한 살기를 흩뿌리며 빠른 속도로 접근했던 것이다.

그런데 사내는 놀랍게도 수면 위를 달리고 있었다.

바로 등평도수(登萍渡水)의 수법이었는데 아직 수준이 그리 높지는 않은 모양인지 깔끔하게 달리지는 못하고 발목이 족족 물에 잠겼다.

"그래도 꼴에 두목이라고 수준이 좀 있는데?"

"괜히 십천의 한자리를 차지한 건 아니라는 뜻이겠지. 사백께서도 의외로 총표파자가 강하다고 하셨으니까."

"근데 천주는 아니니까. 화탄이나 가지고 있었으면 좋겠다. 한 번쯤은 주렁주렁 가지고 다니고 싶어."

"뭔 욕심이 그리 많아?"

"반응이 궁금하거든. 내가 그만큼 가지고 있으면 어떤 표정을 지을까 싶어서."

이춘상이 히죽 웃었다.

상상만 해도 재미있다는 듯이 말이다.

진천뢰의 가장 큰 장점이 누구나 사용하는 게 가능하다는 점인 만큼 이춘상은 최대한 많이 가져 보고 싶었다.

武當
무당
패왕
霸王

만약 그랬다면 지금 철창이 아니라 진천뢰를 던져 배를 파괴했을 것이었다.

"갈기갈기 찢어 주마!"

독이 바짝 오른 독사처럼 사내가 표독스러운 얼굴로 살기를 풀풀 날렸다.

그러고는 들고 있는 작살을 유하성에게 찔렀다.

분위기가 유하성이 수장처럼 보여서였다.

쌔애액!

물기를 잔뜩 머금은 작살이 벼락같이 유하성의 머리를 노렸다.

진기가 넘실거리며 유하성의 머리를 단숨에 꿰뚫을 듯이 쇄도했던 것이다.

그 모습에 유하성은 느릿하게 철창을 내질렀다.

뿌직!

유하성의 철창은 느리지만 정확하게 작살의 정중앙을 가격했다.

그러자 작살이 활처럼 휘어지더니 이내 큰 소리와 함께 끊어졌다.

철창에 실린 힘을 감당하지 못한 것이었다.

"허억!"

충돌하자마자 작대가 휘어지다가 갈기갈기 찢어지는 광경에 사내가 대경하며 뒤로 물러났다.

작살을 박살 내고도 철창이 계속해서 밀고 들어와서였다.

그래서 그는 뒷걸음질 치면서 몸을 비틀었다.

파고드는 철창을 피하기 위해서였다.

부우웅!

그러나 그의 노력은 안타깝게도 소용이 없었다.

철창을 내지른 유하성이 그 자세 그대로 수평으로 휘둘러서였다.

뻐억!

"컥!"

피했다고 안심한 순간 옆구리로 파고드는 철창에 사내는 오장육부가 뒤틀리는 고통을 느꼈다.

너무 아파서 신음 소리가 안 나올 정도의 고통에 사내의 눈동자가 뒤집어졌다.

하지만 유하성은 가차 없었다.

사내를 그대로 날려 버렸던 것이다.

"으, 으아악!"

입에서 피를 뿜어 대며 날아오는 사내의 모습에 이춘상의 협박 아닌 협박으로 인해 주춤주춤 물러나 있던 수적들이 비명을 지르며 그의 몸을 받았다.

그러나 사내는 돌아올 수 없는 강을 건넌 상태였다.

천천히 식어 가는 사내의 육신에 수적들이 아연한 표정을 지을 때 유하성이 지시를 내렸다.

"쓸어버려."

"예!"

나지막한 유하성의 한마디에 원일을 비롯한 일대제자들이
일제히 달려들었다.

철창이 묶여 있는 짐을 내려놓은 상태였기에, 거기다 지금
까지 휴식을 취하고 있었기에 일대제자들의 몸놀림은 가벼
웠다.

그리고 자비가 없었다.

"꺽!"

"워, 원귀가 되어서라도……!"

무자비하게 휘둘러지는 박도에 시체가 빠르게 늘었다.

굳이 이춘상이 나서지 않아도 순식간에 정리가 되었던 것
이다.

물이나 배 위에서의 전투였다면 오히려 일대제자들이 밀
렸겠지만 지금 싸움이 벌어지는 장소는 뭍이었다.

그런 만큼 수적들은 숫자가 많아도 상대가 되지 않았다.

"오늘 밤은 길겠어."

"그만큼 가라앉는 배들도 많겠지."

"내 인생에서 아주 역사적인 날이 될 거야. 아마 거지
들 중에 나보다 더 많이 배를 박살 낸 거지는 없겠지. 흐
흐흐흐!"

이춘상이 히죽 웃었다.

역사와 기록에 이름을 남긴다는 건 언제나 기분 좋은 일이
었다.

더욱이 그게 번천회를 방해하는 일이었기에 더더욱 의미
가 있었다.

"다음 지역으로 가자고."

"그래."

순식간에 수적들을 처리한 일대제자들이 돌아오자 유하성
은 곧바로 몸을 돌렸다.

이번 작전의 핵심은 속도였다.

그렇기에 유하성은 흔적을 지우기보다는 빨리 움직이는
쪽을 택했다.

"저희는 준비 다 되었습니다."

"짐은 놔두고 가. 이동하는 사이 개방에서 준비해 줄 테니
까. 회수도 개방 제자들이 해 줄 거고."

"놔둬, 놔둬."

처음이기에 들고 왔지만 다음으로 갈 장소에는 다 준비가
되어 있을 터였다.

이미 말을 다 맞춰 놓았기에 이춘상 역시 손을 휘저었다.

직접적인 전투는 유하성과 무당파가 하고, 개방은 지원에
주력하기로 이미 얘기가 다 끝난 상태였다.

"알겠습니다."

철창을 여유 있게 들고 왔기에 반 가까이 남아 있었으나

원일을 비롯한 일대제자들은 아쉬워하지 않았다.

수량을 넉넉히 준비했다는 걸 알아서였다.

그리고 오늘 밤 내내 이동하고 싸워야 하는 만큼 체력과 내공은 최대한 아껴야 했다.

"가자."

유하성이 소리 없이 땅을 박차자 그 뒤를 이춘상과 일대제 자들이 따랐다.

꽈꽈꽈꽝!

회전을 잔뜩 머금은 철창이 대장선으로 보이는 배의 옆면을 강타했다.

네댓 척을 꿰뚫고도 힘이 남았는지 날카로운 파공성과 함께 가장 큰 선박에 작렬했던 것이다.

그래도 힘이 조금 빠졌는지 다른 배처럼 관통을 하지는 못했다.

다만 문제는 구멍을 중심으로 파문처럼 금이 쫙쫙 갔고, 그 틈으로 동정호의 물이 빠르게 스며들고 있다는 점이었다.

키이이잉!

게다가 더 큰 문제는 이게 다가 아니라는 점이었다.

이번에는 곡사로 날아오는 화살처럼 하늘 위에서 철창이

날아왔다.

무시무시한 파공성을 흩뿌리면서 말이다.

"막아! 저걸 막아!"

"못 막으면 배가 침몰한다!"

"몸으로라도 때우라고, 이 새끼들아!"

갑판 위에 있던 수적들이 악을 바락바락 썼다.

그러나 몇몇은 그 말을 귓등으로 듣고 호수에 몸을 날렸다.

평범한 수적들이 막아 낼 수 있는 수준이 아니라는 걸 몇 번의 경험으로 알고 있어서였다.

검기성강의 고수라면 모를까 일개 일류무사가 튕겨 낼 수 준의 공격이 아니었다.

콰아아앙!

포물선을 그리며 떨어져 내린 철창이 단숨에 갑판을 뚫고 들어가 바닥까지 꿰뚫었다.

그러자 가뜩이나 기울어져 있던 배가 빠르게 침몰하기 시 작했다.

철창이 만든 구멍은 작았으나 압력에 의해 구멍이 점차 커 지며 가라앉았던 것이다.

"어떤 새끼야아!"

자식이나 다름없는 배의 침몰에 흑구채주가 반쯤 찢어진 깃발을 움켜쥐고서 소리쳤다.

흑구채의 상징이나 다름없는 검은 거북이가 사선으로 갈라진 모습에 흑구채주가 더욱 분노했다.

치욕도 이런 치욕이 없어서였다.

쌔애액!

그때 철창이 날아왔던 방향에서 또 하나의 철창이 나타났다.

이번에는 곡사가 아닌 직사로 날린 철창이었는데 목표는 바로 그였다.

한데 방금 전에 날아왔던 철창들과 달리 기세가 조금 약했다.

"가만두지 않겠다!"

회전하며 쇄도하는 철창을 피하며 흑구채주가 몸을 날렸다.

철창의 위력은 강력하지만 그렇다고 피하지 못할 정도는 아니었다.

아직 해가 뜨지 않은 새벽이라고 하나 소리만 들어도 날아오는 방향은 알 수 있었다.

방향을 알면 피하는 건 어렵지 않았기에 흑구채주는 철창이 날아온 방향을 향해 몸을 날렸다.

콰아아앙!

그가 서 있던 자리에 철창이 떨어지며 배에 또 하나의 구멍이 생겼다.

하지만 흑구채주는 뒤돌아보지 않았다.

이미 침몰하기 시작한 배를 다시 띄우는 건 불가능했다.

그렇기에 흑구채주는 단 한 가지만 생각했다.

"사지육신을 갈기갈기 찢어서 물고기 밥으로 만들어 주마!"

"좀 신박하고 색다른 말은 없나? 소속이 같아서 그런가. 어째 하는 말이 죄다 똑같아? 지겨워 죽겠다."

"흐아아압!"

미친 듯이 달려간 흑구채주의 눈에 뻐딱하게 서서 건들거리는 흑의복면인 하나가 들어왔다.

누가 들어도 건방진 어조에 흑구채주는 누런 이를 드러내고서 두 자루의 단검을 역수로 쥐고서 달려들었다.

선포한 대로 갈가리 찢어 버릴 기세로 달려들었으나 결과는 흑구채주의 바람과 달랐다.

터팅!

그의 두 단검이 현란한 손놀림에 농락당하며 좌우로 크게 튕겨졌던 것이다.

그로 인해 가슴이 훤히 드러났고, 이춘상은 그 틈을 놓치지 않았다.

오른손에 들고 있던 철창으로 심장을 정확히 찔렀다.

"잘 가."

"······컥!"

너무나 가볍게 가슴을 꿰뚫는 철창에 흑구채주의 두 눈이 부릅떠졌다.

그러나 그가 할 수 있는 건 없었다.

그저 복면을 쓰고 있는 이춘상을 노려보는 것밖에는.

"크아악!"

"사, 살려 줘!"

희미해지는 의식 사이로 부하들의 비명 소리가 들려왔다.

나름 동정수로채에서 방귀깨나 뀌는 수채가 흑구채였으나 놀랍게도 습격자들은 단 여섯 명으로 그의 수채를 날려 버렸다.

그것도 말도 안 되는 방법을 사용해서 말이다.

어떻게 보면 무식하기 짝이 없는 방법이었는데 중요한 건 그게 통했다는 점이었다.

'니미럴. 이렇게 허무하게 죽을 줄이야……'

죽어 가는 이 와중에도 흑구채주는 자신이 죽는다는 게 믿어지지 않았다.

모든 게 환상이자 꿈처럼 느껴졌다.

하지만 가슴에서 느껴지는 고통이, 점차 멎어 가는 심장박동이 이 모든 게 현실임을 알려 주었다.

"에이. 이 자식도 거지네. 가진 게 없어."

"초, 총채주께서 네놈들을 가만두지 않을 것이다……!"

"우리가 누군지 알아낸다면 말이지."

흑구채주가 저주를 퍼부었으나 이춘상은 눈 하나 깜빡이지 않았다.

오히려 얄밉게 이죽거렸다.

수적 주제에 복수 운운하는 게 너무나 우스워서였다.

돈 때문에 죄도 없는 사람들을 죽이는 인간 쓰레기였기에 이춘상은 비릿하게 웃으며 철창을 비틀었다.

"끄으윽!"

마지막까지 흑구채주가 고통스럽도록 말이다.

그러는 사이 이제는 몇 번 해서 익숙해진 일대제자들이 주변을 싹 다 정리했다.

유하성은 남아 있는 배들을 하나도 빠짐없이 수장시켰고.

"이걸로 여덟 번째인가."

"한 군데 정도는 더 가능할 거 같은데."

싸늘히 식어 가는 수적들의 시체를 둘러보며 유하성이 입을 열었다.

그러자 이춘상이 서서히 밝아 오는 동녘을 확인하며 대답했다.

동이 터 오긴 했으나 서두른다면 한 곳 정도는 더 돌 수 있을 것 같아서였다.

체력이나 내공도 흑구채 정도의 전력이라면 아직 괜찮았다.

"너희들이 갈 수 있는 곳은 없다. 아, 딱 하나 있군. 저 위는 가능해."

호수 주변을 짙게 채워 가는 안개 너머에서 낯선 목소리가 들려왔다.

동시에 수십 개의 인기척이 느껴졌다.

갑자기 뒤쪽에서 수십 명이 나타나 일행을 포위했던 것이다.

그런데 그 숫자가 빠르게 증가하고 있었다.

"허얼."

증식하듯 순식간에 늘어나는 기척에 이춘상이 눈을 동그랗게 떴다.

수적들이 배가 아니라 육로로 이동했음을 알 수 있어서였다.

스스슥!

동시에 네 명의 일대제자들이 유하성의 곁으로 모여들었다.

포위당했다는 걸 알고 각자 자리를 잡은 것이었다.

후우우웅.

어디선가 불어온 바람이 안개를 잠시나마 밀어 냈다.

그러자 검지로 하늘을 가리키고 있는 거구의 남자가 유하성과 이춘상의 시야에 들어왔다.

"물론 쉽게 저곳으로 보내 줄 생각은 없지만 말이지."

남자가 히죽 웃으며 말했다.

그러나 미소와 달리 그에게서 흘러나오는 살기는 농밀했다.

절대 그냥 보내 주지 않겠다는 의지를 눈빛과 살기로 드러냈던 것이다.

거기다 남자의 뒤로 보이는 수적들의 숫자가 대충 봐도 이백 명은 훌쩍 넘어 보였다.

"미끼였나."

그 모습에 이춘상이 중얼거렸다.

흑구채를 미끼로 사용하지 않았다면 이 짧은 시간에 저 정도 인원을 모으는 게 불가능하다는 생각이 들어서였다.

그리고 흑구채주의 반응을 생각해 보면 자신이 미끼였다는 사실도 모른 듯했다.

하지만 이춘상을 더 열 받게 하는 건 저들이 여기까지 오는데 개방이 전혀 몰랐다는 사실이었다.

"아, 이 녀석들을 생각하고 있나?"

"읍읍!"

武當霸王
무당
패왕

제46장 동정귀옹洞庭鬼翁

이춘상의 두 눈이 휘둥그레졌다.

손발이 잘린 채로 끌려오는 개방도의 모습에 이춘상은 몸을 떨었다.

"냄새나는 쥐새끼들이 동정호 주변에 많더라고. 그래서 싹 다 잡아들였지."

"으읍!"

"읍!"

수적들의 손에 끌려 나오는 개방도들은 한 명이 아니었다.

이번 작전에 동원된 인원이 적지 않은 만큼 붙잡힌 숫자들도 상당했다.

그리고 하나같이 발이 발목에서부터 잘려 있었다.

덜덜덜!

그 모습에 이춘상의 눈시울이 붉어졌다.

분노로 핏발이 잔뜩 섰던 것이다.

저들이 저렇게 된 이유가 이번 작전 때문이었기에 이춘상은 모든 게 자기 탓처럼 느껴졌다.

스윽.

반면에 유하성은 움직였다.

지켜보지 않고 사로잡힌 개방도들을 향해 몸을 날렸던 것이다.

"어딜!"

대뜸 쇄도하는 유하성의 모습에 남자 옆에 있던 호리호리한 체격의 중년인이 땅을 박찼다.

그러고는 들고 있던 창을 벼락같이 찔렀다.

접근하는 유하성을 향해 정확히 창을 찔러 넣었던 것이다.

스슥!

절묘하게 파고드는 일격이었으나 아쉽게도 창이 꿰뚫은 건 유하성의 잔상이었다.

하지만 그건 창을 내지른 중년인도 알고 있었다.

유하성을 찔렀음에도 손맛이 없었기에 중년인은 망설이지 않고 창을 횡으로 휘둘렀다.

옆으로 피했다면 그대로 따라서 창을 휘두르면 될 일이었다.

터엉!

순간의 기지를 발휘한 일격이었으나 유하성은 그마저도 쉽게 튕겨 냈다.

손등을 이용해 파고드는 창대를 가볍게 밀어 냈던 것이다.

"흥!"

그러나 중년인도 만만치 않았다.

튕겨지는 반동을 이용해 몸을 회전시켜서는 그대로 유하성에게 창을 연거푸 찔렀다.

한데 찌르는 속도가 얼마나 빠른지 아홉 개의 창이 동시에 공격하는 것처럼 보였다.

"역시 팔교(八蛟) 형님!"

"창술에 한해서는 동정호 최고이시지!"

"암!"

기민하다 못해 현란한 중년인의 움직임에 여기저기에서 탄성이 터져 나왔다.

그 정도로 중년인의 움직임은 화려하며 아름다웠다.

단번에 모두의 시선을 끌 정도로 말이다.

다만 문제는 상대가 유하성이라는 점이었다.

덥석!

벼락처럼 쇄도하는 창을 향해 유하성은 손을 뻗었다.

그러고는 너무나 쉽게 창대의 상단을 잡았다.

아홉 개의 창영(槍影) 중 진체를 단박에 파악해서 움켜쥐었던 것이다.

"헙!"

상상도 못 한 광경에 중년인이 기함을 쳤으나 유하성은 담담히 다음 동작을 이어 갔다.

창대를 쥐고서는 그대로 땅에 패대기쳤던 것이다.

콰앙!

그로 인해 창을 잡고 있던 중년인 역시 땅에 처박혔다.

하지만 유하성의 공격은 이게 끝이 아니었다.

전방에 처박고는 창대를 놓고 그대로 달려 나가면서 중년인의 등을 짓밟고 지나갔다.

"끄어억!"

"막내야!"

뼈가 뭉개지는 소리와 함께 중년인이 비명을 지르자 동정팔교(洞庭八鮫)라 불리는 장한들이 일제히 달려 나왔다.

처음 입을 연 남자를 제외하고서 여섯 명이 살기등등한 기세로 유하성에게 쇄도했던 것이다.

그러나 그들의 흉흉한 기세에도 유하성은 이동하는 걸 멈추지 않았다.

대신 오른손을 간결하게 내질렀다.

뻐어어엉!

"켁!"

"크헉!"

가벼운 일장과는 달리 위력은 어마어마했다.

동정팔교라 불리며 동정호에 악명이 자자한 그들을 단 일격으로 튕겨 냈던 것이다.

심지어 다들 내상을 심각하게 입은 모양인지 바닥을 나뒹구는 그들의 입에서 검은 피가 줄줄이 흘러나오고 있었다.

"무, 무슨……!"

그 모습에 동정팔교의 대형인 남자가 두 눈이 튀어나올 정도로 경악했다.

동생들을 단 일격에 제압하자 믿을 수가 없어서였다.

웬만한 동정수로채의 채주보다 강한 게 동생들이었다.

그런데 그 동생들이 아무것도 하지 못한 채 널브러지자 남자는 믿을 수가 없었다.

저벅저벅.

남자는 물론이고 다른 수적들조차 망연자실해할 때 오직 유하성만이 움직였다.

여섯 명을 날려 버리고 남자를 향해 다가왔던 것이다.

"멈춰라!"

유하성의 발자국 소리에 퍼뜩 정신을 차린 남자가 소리쳤다.

그러고는 재갈이 물려 있는 개방도 한 명을 들어 올렸다.

한 손으로 뒷덜미를 움켜쥐고서 경고하듯 소리쳤던 것이다.

"죽여 봐. 그럼 난 네 동생들을 죽일 테니."

"으으으……."

남자의 동공이 흔들렸다.

피를 게워 내는 동생들의 신음 소리에 자기도 모르게 반응했던 것이다.

툭! 툭! 툭!

거기에 이춘상이 부리나케 움직이며 곳곳에 쓰러져 있던 일곱 명을 점혈했다.

뒤늦게 정신을 차리고는 인질로 잡았던 것이다.

한데 공교롭게도 동정수로채에 붙잡혀 있는 개방도들의 숫자도 일곱 명이었다.

"이거 상황이 재미있게 흘러가네?"

남자와 마찬가지로 이춘상이 동정팔교 중 둘째의 뒷덜미를 움켜쥐고서 이죽거렸다.

개방도를 죽이는 순간 자신도 이교의 목을 분질러 버리겠다는 뜻이었다.

그걸 남자 역시 알아차렸기에 눈썹이 꿈틀거렸다.

"똑같이 손발을 잘라 내야 하는 거 아냐?"

"아, 그걸 잊었네."

"머, 멈춰!"

고저 없는 유하성의 말에 이춘상이 히죽 웃었다.

하지만 남자는 웃을 수 없었다.

오히려 다급하게 소리쳤다.

그러나 그가 소리치거나 말거나 이춘상은 이교가 들고 있는 유엽도를 빼앗아 팔을 잘랐다.

"끄아아악!"

서슴없이 오른팔을 잘라 버리는 이춘상의 행동에 이교가 비명을 질렀다.

어깨죽지에서부터 느껴지는 고통도 고통이지만 오른팔을 잃었다는 충격이 훨씬 더 컸다.

단전만큼이나 중요한 게 오른팔인데 그 팔이 잘려 나가자 이교는 미치광이처럼 악을 써 댔다.

스으윽!

그와 동시에 유하성이 움직였다.

남자를 비롯해서 수적들이 당황한 틈을 타 접근했던 것이다.

목표는 바로 남자였다.

"이익!"

그걸 반 박자 늦게 깨달은 남자가 이를 악물었다.

마음 같아서는 당장 손아귀에 있는 개방도의 목뼈를 분질러 버리고 싶었다.

하지만 그럴 경우 사로잡혀 있는 둘째 아우 역시 죽을 게 분명했다.

그렇기에 남자는 어금니를 악물고서 개방도를 거칠게 내

던지고는 땅을 박찼다.

쿠우웅!

거구답게 육중한 소리와 함께 그의 신형이 유하성에게 쏘아졌다.

동생 여섯이 단 일수에 제압당했지만 남자는 그게 실력 때문이라고는 생각하지 않았다.

함께 달려들었기에 동생들이 방심을 했고, 유하성이 그 방심을 영악하게 이용했다고 생각했다.

'권패 따위!'

유하성이 권패라 불리며 신진고수 중 대단한 명성을 떨친다고 하나 그는 이십 년 전부터 동정호를 호령했던 수적이었다.

어린아이도 그의 이름을 들으면 울음을 뚝 그칠 정도로 악명이 대단했다.

때문에 남자는 자신 있었다.

유하성을 쓰러뜨릴 자신이 말이다.

부우우웅!

거구에 어울리는 솥뚜껑만 한 주먹이 묵직한 파공음을 토해 내며 유하성에게 뻗어 나갔다.

피부색과 비슷한 황색의 강기가 주먹은 물론이고 팔뚝을 감싸며 무시무시한 기세로 쏘아졌다.

'단숨에 뭉개 주마!'

그에 비하면 왜소하기 짝이 없는 체격의 유하성을 정면으로 노려보며 남자가 주먹을 휘둘렀다.

정확히 유하성의 안면을 향해서 말이다.

그리고 유하성 역시 그를 향해 손을 내뻗었다.

쩌어어엉!

똑같이 달려들면서 내지른 주먹과 손바닥이 허공에서 격돌했다.

무지막지한 굉음과 함께 두 사람 주변의 땅이 내려앉았다.

거력과 거력의 충돌에 땅이 갈라졌던 것이다.

동시에 고통에 가득 찬 신음 소리가 터져 나왔다.

"끄악!"

형형한 강기에 휩싸인 남자와 달리 유하성의 손에는 별다른 기운이 서려 있지 않았다.

그런데 결과는 놀랍게도 유하성의 압승이었다.

충돌과 함께 남자의 주먹이 으그러졌던 것이다.

그뿐만 아니라 팔뚝 전체가 피투성이로 화해 있었다.

"이, 일교 형님이⋯⋯!"

"허업!"

처절한 신음 소리와 함께 뒷걸음질 치는 남자의 모습에 포위하고 있던 수적들이 믿을 수 없다는 표정을 지었다.

아무리 유하성이 떠오르는 신진고수라고 하나 동정팔교의 대형인 남자가 이렇게 속수무책으로 당할 줄은 몰라서였다.

게다가 싸움은 끝난 것이 아니었다.

꾸욱!

주춤주춤 물러나는 남자를 유하성은 가만히 지켜보지 않았다.

십단금으로 주먹과 팔을 박살 낸 유하성은 그대로 손을 뻗어 남자의 멱살을 잡았다.

그보다 족히 두 배는 크고 무거운 육중한 체구였으나 유하성은 어렵지 않게 들어 올렸다.

"이익!"

순식간에 들어 올려진 남자가 온몸을 비틀며 두 다리를 크게 흔들었다.

어떻게든 유하성의 손아귀에서 벗어나고자 발을 휘둘렀던 것이다.

하지만 균형을 잃은 상태에서의 발 차기는 위력이 없었기에 유하성은 왼손으로 가볍게 무릎 관절을 분질러 버렸다.

부르르르!

무릎에서 느껴지는 고통에 남자가 입을 쩍 벌렸다.

자신의 무릎이 어떻게 박살 났는지 너무나 선명하게 느낄 수 있어서였다.

동시에 세상이 일순 새하얗게 변했다.

엄청난 고통에 정신이 아득해졌던 것이다.

"웃차!"

"컥!"

"마, 막아!"

유하성이 남자를 상대하는 사이 이춘상도 놀고만 있지는 않았다.

수적들의 시선이 전부 유하성에게 쏠려 있는 틈을 타 생포되어 있던 개방도들을 구해 냈던 것이다.

물론 개방도들을 순순히 데려오지는 않았다.

개방도들을 억류하고 있는 수적들도 가볍게 손봐 주었다.

"가, 감사합니다."

"인사는 나중에."

철창을 내려놓았다고 하나 이춘상의 손은 두 개뿐이었다.

그러나 구출해야 하는 인원은 일곱이었기에 이춘상은 말을 아끼며 재빠르게 돌아다녔다.

정확하게는 구출과 동시에 개방도를 뒤로 던졌다.

손이 한정적이었기에 후방에 있는 원일과 일대제자에게 개방도들을 맡겼던 것이다.

스슥!

그러고는 자신 역시 번개같이 빠져나갔다.

목적을 달성했기에 곧바로 자리를 피했던 것이다.

"저 새끼들이⋯⋯!"

그 모습에 수적들이 격분했다.

눈 뜨고 코를 베인 거나 마찬가지였기 때문이다.

하지만 이미 이춘상은 원하는 목표를 이루고 물러난 상태였다.

"장난은 거기까지다."

"음!"

이춘상이 편히 움직일 수 있도록 시간을 벌어 주었던 유하성이 멱살을 놓았다.

남자의 뒤쪽에서 정체를 알 수 없는 무언가가 뱀의 움직임처럼 영활하게 파고드는 게 느껴져서였다.

속도도 속도지만 그 안에 담긴 힘이 심상치 않았기에 유하성은 망설이지 않고 남자를 던졌다.

쇄도하는 무언가를 향해 되레 남자를 던져 버렸던 것이다.

"악랄한 놈."

은밀하면서도 빠르게 유하성에게 쇄도하던 무언가가 방향을 틀었다.

그러더니 날아오는 남자를 부드럽게 감쌌다.

"그쪽이 그런 말을 할 자격은 없다고 생각하는데."

특수한 재질로 만들어진 듯한 반투명한 낚싯줄이 남자를 받아 내는 걸 보며 유하성이 중얼거렸다.

그런 그의 시선은 낚싯줄과 연결된 낚싯대를 들고 있는 노인에게로 향했다.

키는 작지만 옹골찬 느낌을 풍기는 노인이었는데 작은 체구와 달리 품고 있는 존재감은 주변의 누구와도 비교하기 힘들 정도였다.

"살귀처럼 날뛴 주제에 잘도 그딴 말을 내뱉는구나."

"누가 먼저 시작했는지를 한번 생각해 봤으면 좋겠는데."

"권패라며 모두가 치켜세워 준다고 너무 기고만장한 거 아니냐?"

남자를 옆에 있던 수적들에게 넘긴 노인이 카랑카랑한 목소리로 말했다.

그런데 그 말에 이춘상은 물론이고 원일의 얼굴이 굳어졌다.

복면을 쓰고 있음에도 노인이 정확하게 유하성을 알아봐서였다.

"내 무공을 알아보지는 못했을 텐데. 어떻게 알았지?"

유하성이 복면을 벗었다.

떠보는 게 아니라 확실하게 자신을 알고 있는 눈빛이었기에 유하성은 부정하지 않았다.

대신 궁금증이 일었다.

그가 동정호에 온 건 극비였기에 유하성이 노인을 똑바로 응시했다.

"지금 그게 중요한 게 아닐 텐데? 살 걱정부터 해야 하지 않나?"

최측근이라 할 수 있는 동정팔교 중 일곱이 사로잡혀 있음에도 노인은 대놓고 협박했다.

유하성의 수중에 동정팔교가 있다는 것에 대해 전혀 신경 쓰지 않는다는 듯이 말이다.

"그건 그쪽이 해야 할 생각 같은데."

"흘흘흘!"

당돌함을 넘어 오만한 유하성의 발언에 노인이 파안대소를 터트렸다.

그러나 두 눈만큼은 웃지 않았다.

오히려 더더욱 싸늘한 눈빛으로 유하성을 쳐다봤다.

더불어 노인의 주위에 있던 수적들 역시 살벌한 안광을 토해 내며 유하성을 노려봤다.

"궁금하구나. 내 앞에서 그딴 말을 할 자격이 있는지 말이다."

"동정귀옹이 대단하다고 하나, 이곳은 물 위가 아니지."

"맞아. 맞는 말이야. 그런데 그렇게 생각한 놈들이 지금까지 한 놈도 없었을까?"

노인, 동정귀옹이 비릿하게 웃었다.

동정호를 지배하는 동정수로채의 총채주가 살기를 드러내며 낚싯대를 흔들었다.

그러자 예의 반투명한 낚싯줄이 무시무시한 속도로 유하성에게 쇄도했다.

일절 소리 없이 전광석화처럼 유하성을 향해 날아왔던 것이다.

武當
무당
패왕 覇王

'물러나는 건 힘들어. 그렇다면 답은 하나뿐.'

수족이라 할 수 있는 동정팔교 중 일곱이 이쪽에 생포되어 있었으나 동정귀옹은 전혀 신경 쓰지 않았다.

어차피 죽은 목숨이라 생각하는지 일곱 명을 쳐다도 안 보 았던 것이다.

게다가 이쪽에는 부상자도 있었기에 유하성은 도주는 머 릿속에서 지워 버렸다.

대신 하나만 생각했다.

동정귀옹의 등장은 정말 생각도 못 했지만 어떻게 보면 이 건 기회였다.

여기서 동정귀옹을 잡을 수만 있다면 천하수로채의 전력 을 크게 깎아 낼 수 있었다.

'물론 쉽지는 않겠지만.'

천하수로채의 세 머리 중 하나가 바로 동정귀옹이었다.

또한 천하의 수적들 중에서 세 손가락 안에 들어가는 이가 동정귀옹이었고.

더욱이 동정수로채 중에서 최강의 수채라 평가받는 흑귀 채가 사방을 포위하고 있었기에 전력상으로는 누가 봐도 자 신들이 불리했다.

인원은 두말할 필요도 없었고 지켜야 할 부상자도 있었다.

타앗!

그렇기에 유하성은 정면으로 달려들었다.

누가 봐도 불리한 상황이지만 그렇다고 방법이 아예 없는 건 아니었다.

불가능하다고 생각하지도 않았고 말이다.

스르릉!

물러나기는커녕 도리어 달려드는 유하성을 향해 낚싯줄이 쇄도했다.

그런데 어느 순간 낚싯줄이 방향을 틀었다.

뱀처럼 영활하게 움직이며 유하성의 하반신을 노렸던 것이다.

스슥!

그러나 유하성도 만만치 않았다.

반투명한 데다가 워낙에 빨랐기에 육안으로는 잘 보이지도 않았다.

한데 유하성은 정확히 낚싯줄을 피해 냈다.

시각도 시각이지만 기감으로 동정귀옹의 공격을 파악하는 것이었다.

"흘흘!"

하지만 공격이 실패했음에도 동정귀옹은 당황하지 않았다.

마치 손자의 재롱을 보는 할아버지처럼 웃으며 지켜봤다.

그러나 그의 손짓에 따라 움직이는 낚싯줄은 절대 미소처럼 훈훈하지 않았다.

武當霸王
무당
패왕

더더욱 빠르게 허공을 가르며 유하성에게 접근했다.

'부딪치는 순간 몸을 휘감을 거다.'

살아 있는 생명체처럼 영활하게 움직이는 낚싯줄을 보며 유하성의 눈빛이 가라앉았다.

낚싯줄의 움직임에서 동정귀옹의 의도를 엿볼 수 있어서였다.

겉보기에는 하늘하늘해서 한없이 약해 보이지만 유하성은 알고 있었다.

저 낚싯줄에 강기가 서리면 강철도 우습게 베어 버릴 수 있다는 사실을 말이다.

'그러니 최대한 충돌을 피하고 접근한다.'

낚싯줄의 절삭력이 어마어마하다고 하나 지금의 유하성이라면 못 막지는 않았다.

다만 굳이 상대방이 유리한 싸움을 할 필요가 없기에 유하성은 충돌을 피했다.

밤새 수채들을 때려 부수면서 소모한 내공과 체력도 적지 않았기에 유하성은 최대한 효율적으로 움직였다.

"영리해. 근데 그거 아나? 때론 영리함이 자신의 발목을 붙잡기도 한다는 걸."

"흡!"

동정귀옹에게 접근하던 유하성의 눈매가 꿈틀거렸다.

요리조리 잘 피했다고 생각했는데 그건 착각이었다.

그저 그런 것처럼 당해 준 것뿐이었다.

휘이이익!

사방에서 휘몰아치는 낚싯줄의 모습에 유하성의 시선이 빠르게 주변을 훑었다.

빠져나갈 빈 공간을 찾는 것이었다.

하지만 그보다 먼저 동정귀옹의 낚싯줄이 조여들었다.

사방팔방에 흩어져 있던 낚싯줄이 일제히 유하성에게 쇄도했던 것이다.

웅웅웅!

낚싯줄은 단순히 유하성을 조이지 않았다.

전부 다 강기에 휩싸인 채로 유하성에게 쇄도했다.

"오만방자함의 끝은 언제나 절망이지. 하늘 밖의 하늘은 언제나 존재하는 법이거든. 흘흘흘!"

함정에 걸린 사냥감을 보는 사냥꾼의 눈빛으로 동정귀옹이 히죽 웃었다.

어딜 봐도 피할 수 있는 곳은 없어서였다.

호신강기로 막는 방법도 있으나 시간문제일 뿐 결과는 똑같았다.

막기만 해서는 절대 빠져나올 수 없었다.

"하, 하성아!"

그 광경에 뒤에서 싸움을 지켜보고 있던 이춘상이 저도 모르게 소리쳤다.

지금 낚싯줄에 서려 있는 기운이 얼마나 강력한지 느낄 수 있었기에 걱정이 되었던 것이다.

물론 이번 한 수로 유하성이 바로 죽지는 않겠지만 문제는 시간이었다.

밤새 움직이며 싸웠기에 체력과 공력은 물론이고 심력 역시 상당히 소모된 상태였다.

거기다 동정수로채의 총채주답게 동정귀옹은 강했다.

최상의 상태였어도 상대하기가 쉽지 않은 게 동정귀옹인데 최악의 상황에서 마주쳤기에 이춘상은 이를 악물었다.

지금이라도 자신이 나서야 하나 고민이 되었던 것이다.

"걱정하지 마십시오."

"응?"

"사숙님은 강합니다."

그때 원일이 나지막하게 말했다.

절체절명의 순간임에도 원일의 두 눈은 흔들리지 않았다.

분명 위기인 것은 맞았다.

하지만 원일은 유하성이 순순히 당할 거라는 생각이 들지 않았다.

동정귀옹은 분명 대단한 고수였으나 유하성도 만만치 않았다.

그리고 그는 사조인 명천이 했던 말을 지금도 선명하게 기억하고 있었다.

꽈과과광!

거기까지 생각했을 때 유하성이 쌍권을 내질렀다.

강기를 머금은 낚싯줄이 소용돌이치며 유하성을 갈아 버릴 기세로 조여들 때 유하성은 호신강기를 일으키지 않고 공격을 선택했다.

그 결과 핑음과 함께 유하성을 조여들어 가던 낚싯줄이 크게 출렁였다.

파아앗!

동시에 유하성이 허공으로 솟구쳤다.

힘으로 낚싯줄을 밀어 내고는 하늘 위로 솟구쳤던 것이다.

"흥!"

그러나 낚싯줄이 갈가리 찢겼음에도 동정귀옹은 당황하지 않았다.

예상치 못한 반격이긴 했으나 아직 낚싯줄은 많이 남아 있었다.

그리고 지금과 같은 소모전은 그에게 있어 유리했다.

육신은 노쇠했을지 모르나 공력은 달랐다.

쌔애액!

그 사실을 증명하듯 동정귀옹의 낚싯줄은 여전히 매서운 기세로 유하성에게 쏘아졌다.

이번에는 꿰뚫어 버릴 기세로 쇄도했던 것이다.

파팡! 팡!

하지만 유하성의 반응이 조금 더 빨랐다.

동정귀옹이 이렇게 공격할 줄 알았다는 듯이 허공에서 쭉쭉 나아가며 한 박자 빠르게 움직였던 것이다.

휘이익!

그런데 동정귀옹의 대응도 놀라웠다.

유하성의 회피에도 당황하기는커녕 마치 수를 읽고 있었다는 듯이 낚싯대를 당겼다.

그러자 빈 허공을 꿰뚫었던 낚싯줄이 선회하며 유하성의 등을 노렸다.

순식간에 지면에 착지하고서 달리는 유하성도 빨랐지만 낚싯줄도 빨랐다.

스르르릭!

거기다 동정귀옹의 공격은 이게 다가 아니었다.

풀어진 낚싯줄 역시 동정귀옹의 무기였다.

채찍보다 가볍고 빠른 낚싯줄이 파도치듯 출렁거리며 유하성의 앞을 가로막았다.

달려드는 즉시 조각조각 절단 내 주겠다는 의도가 선명했다.

'예전이었다면 피했겠지만……'

그물망처럼 얼기설기 엮여 있는 낚싯줄을 보면서도 유하성의 두 눈동자는 흔들림이 없었다.

태청단을 먹기 전이었다면 유하성은 고민하지도 않고 피

했을 터였다.

군이 충돌해서 진기를 소모할 이유는 없어서였다.

그러나 지금은 다른 의미로 고민할 필요가 없었다.

뻐어어엉!

유하성의 일장에 전방을 가득 채우고 있던 낚싯줄이 일제히 끊어졌다.

십단금의 패도적인 일격을 낚싯줄이 버티지 못한 것이었다.

중첩해서 사용하는 게 위력적인 부분에서는 더욱 강력했지만 이처럼 한 번에 뿌릴 수도 있었다.

위력은 지금 보는 것처럼 동정귀옹의 진기가 서려 있는 낚싯줄을 단번에 끊어 낼 정도로 막강했고 말이다.

"흥!"

하지만 그 모습에도 동정귀옹은 코웃음을 쳤다.

낚싯줄은 그에게 있어 수족이나 다름없었지만 그렇다고 무기를 잃은 건 아니었다.

동정귀옹에게 있어 진짜 무기는 낚싯대였다.

웅웅웅!

그걸 증명하듯 동정귀옹은 유하성이 접근하기 무섭게 무시무시한 기운이 서린 낚싯대를 유하성에게 휘둘렀다.

길쭉한 낚싯대를 마치 검처럼 사용했던 것이다.

쩌어엉!

평소였다면 당연히 회피했겠지만 유하성은 그러지 않았다.

포위되어 있는 형국에 이쪽은 싸울 수 없는 부상자들까지 있는 상황이었다.

그렇기에 유하성은 최대한 빨리 승부를 봐야 한다고 생각했다.

"큭!"

초반부터 강하게 밀어붙이는 유하성의 맹공에 동정귀옹의 몸이 크게 흔들렸다.

생각했던 것보다 더 강력한 힘에 노쇠한 육신이 버티지 못한 것이었다.

하지만 그럼에도 동정귀옹의 반응은 기민했다.

육체적인 부분에서 밀린다는 걸 확실히 느꼈기에 동정귀옹은 공력을 가일층 끌어올리고서 낚싯대를 흔들었다.

파파파팟!

이윽고 수십, 수백 개의 강기가 솟구쳤다.

낚싯대의 그림자가 아니라 전부 다 실체를 가진 강기였다.

자신의 장점인 막대한 내공을 이용해서 동정귀옹이 힘으로 찍어 누르려는 것이었다.

'가급적 사용하지 않으려고 했지만, 어쩔 수 없지.'

그 모습에 유하성이 눈을 번뜩였다.

동시에 전신의 공력을 전부 끌어올렸다.

우우웅.

유하성의 진기가 사납게 포효하기 시작했다.

늘 잔잔하게 유하성의 의지를 따르던 진기가 흉포함을 드러내고 이리저리 충돌하기 시작했다.

그리고 그로 인한 반발력을 유하성은 교묘하게 이용했다.

조화롭게 공존하던 음양의 기운을 충돌시켜 순간적으로 공력을 증폭시켰던 것이다.

쫘아아앙!

육신에 무리가 가는 방법이었으나 유하성에게는 익숙한 방법이었다.

또한 육신 역시 적응이 되어 있는 상태였고.

다만 문제는 태청단으로 인해 공력이 엄청나게 증진되었다는 점이었지만 그간의 단련으로 펼치는 데 무리는 없었다.

"어, 어찌!"

막대한 공력으로 찍어 누르려던 동정귀옹의 작은 두 눈이 부릅떠졌다.

밀어붙이기는커녕 오히려 그의 강기가 산산조각이 나자 믿을 수가 없었던 것이다.

심지어 단 일격에 박살 난 강기에 동정귀옹이 몸을 떨었다.

그리고 그건 지켜보고 있던 수적들도 마찬가지였다.

흑귀채의 수적들은 당연히 동정귀옹이 유하성을 쉽게 제

압할 거라 생각했다.

다른 이도 아니고 동정호의 지배자인 동정귀옹이 직접 나선 만큼 제아무리 유하성이라도 별수 없을 거라 생각했다.

그러나 결과는 그들의 생각과 정반대였다.

휘이익!

정면으로 동정귀옹의 공세를 파괴한 유하성은 그대로 달려들었다.

지금의 기세를 그대로 이어 가 결판을 내기 위해서였다.

스르륵!

경악한 상태임에도 은밀하게 낚싯줄을 이용해 동정귀옹이 다시 한번 등 뒤를 노렸으나 유하성에게는 소용없었다.

감각이 바짝 서 있는 유하성에게는 낚싯줄의 움직임이 선명하게 느껴져서였다.

오히려 유하성은 역으로 낚싯줄을 이용했다.

"흡!"

은밀하게 접근해서 거리가 어느 정도 좁혀졌을 때 등을 찌른 낚싯줄이 도리어 그를 향해 날아왔다.

절묘한 순간에 유하성이 몸을 옆으로 피하자 같은 선상에 있던 동정귀옹에게 날아왔던 것이다.

부지불식간에 자신에게 날아오는 낚싯줄을 비틀자 유하성이 귀신같이 그 틈을 노리고서 파고들었다.

눈 깜짝할 사이에 손이 닿을 정도로 간격이 좁혀진 것이었다.

꽝! 꽝! 꽝! 꽝!

그때부터 유하성의 파상공세가 시작되었다.

동정귀옹이 펼친 회심의 일격을 단번에 날려 버릴 정도의 위력은 아니었으나 유하성의 권격은 묵직했다.

또한 하나같이 강권이었기에 동정귀옹은 속절없이 뒤로 물러났다.

낚싯대를 이용해 막기는 했으나 딱 거기까지였다.

퍼억!

애초에 거리가 좁혀진 이상 동정귀옹이 할 수 있는 건 별로 없었다.

낚싯대는 근접전에 유용한 병기가 아니었기에 시간이 갈수록 동정귀옹이 허용하는 공격이 늘어났다.

"이익!"

물론 동정귀옹도 가만히 당하기만 하는 건 아니었다.

낚싯대로 유하성의 맹공을 막아 내면서 왼손을 이용해 반격했다.

유하성만큼은 아니더라도 그 역시 권장지각에 일가견이 있는 무인이었다.

수십 년 동안 동정호에서 구르고 구른 무인이었고.

터터터텅!

그러나 안타깝게도 수준 차이가 너무 극심했다.

간간이 반격을 했으나 유효타는 단 하나도 없었다.

그렇다고 거리를 벌리지도 못했다.

상황을 반전시키기 위해 나름 몇몇 시도를 했으나 유하성은 동정귀옹의 속내를 훤히 꿰뚫고 있다는 듯이 절대 일정 거리 이상 주지 않았다.

빠각!

그 결과 동정귀옹의 왼손은 통통 붓기 시작했고 낚싯대 역시 균열이 일어났다.

권강이 계속해서 두들기자 결국 내구성이 다한 것이었다.

물론 동정귀옹이 진기를 주입하고 있었으나 애초에 강철도 아닌 일개 나무로 만들어진 낚싯대가 강기의 충돌을 오래 버틸 수 있을 리 만무했다.

"젠장!"

잔금이 빠르게 전체로 퍼져 가는 걸 보지 않아도 느낄 수 있었기에 동정귀옹의 표정이 다급해졌다.

그러고는 아껴 두었던 수인 호신강기를 극성으로 일으켰다.

내공 소모가 극심해서 아끼고 아껴 두었었는데 이제는 어쩔 수 없었다.

이대로 가다가는 아무것도 못한 채 유하성에게 당할 게 뻔했기에 동정귀옹은 결국 호신강기를 꺼냈다.

쩌저적!

그런데 문제는 그마저도 유하성이 꿰뚫어 보고 있었다는 점이었다.

동정귀옹의 전신에서 강기가 휘몰아치는 순간 유하성 역시 준비해 두었던 일격을 뿌렸다.

"커헉!"

다시 한번 펼쳐지는 십단금에 완성되지 못한 호신강기가 산산이 부서졌다.

동시에 동정귀옹의 입에서 시커먼 피가 뿜어졌다.

호신강기가 박살 나며 내상을 입은 것이었다.

하지만 유하성의 상황도 썩 좋지는 않았다.

덥석!

두 팔을 허우적거리며 꼴사납게 날아가는 동정귀옹의 멱살을 유하성이 움켜잡았다.

충격으로 인해 날아가던 동정귀옹을 번개 같은 속도로 따라가서 붙잡은 것이었다.

그러자 수적들에게서 무시무시한 살기가 뿜어져 나왔다.

승부가 갈린 걸 그들 역시 알아차린 것이었다.

"채주님을 내놓아라!"

"모두 공격해!"

"전부 죽여!"

예상했던 결과하고는 정반대의 결과가 나왔지만 수적들에게는 중요하지 않았다.

그들에게 중요한 건 흑귀채주이나 동정수로채의 총채주인 동정귀옹이 유하성의 손에 사로잡혔다는 점이었다.

그렇기에 수적들은 일제히 유하성에게 달려들었다.

"드디어 이 몸이 나설 차례인가!"

지금껏 보아 온 수적들과는 달리 죽기 살기로 달려드는 흑귀채의 모습에 이춘상이 유하성의 옆으로 다가왔다.

부상자들은 원일과 일대제자들에게 맡기고 그는 유하성을 지키기 위해 이동했다.

유하성이 이기긴 했으나 공력이 별로 없다는 걸 알아차리고 귀신같이 도우러 온 것이었다.

"숫자가 많아."

"나도 알지. 하지만 나에겐 이게 있으니까. 노인네 품속도 뒤져 봐. 동정수로채의 수장인데 하나 정도는 가지고 있지 않겠어?"

수적들의 숫자가 월등히 많았지만 이춘상은 긴장하지 않았다.

흑귀채가 동정수로채의 수채들 중에서 최정예라 하나 그도 믿는 구석이 있었다.

"어어?! 지, 진천뢰다!"

"흩어져! 새끼들아, 흩어지라고!"

유하성이 제압한 동정귀옹의 품을 뒤질 때 이춘상이 히죽 웃으며 품속에서 목함 하나를 꺼냈다.

바로 지금까지 지겹도록 보고 겪었던 진천뢰가 담겨 있는
목함이었다.

그걸 알아본 흑귀채의 수적들이 살기등등하게 달려들다가
멈칫거렸다.

"이게 진짜일까, 가짜일까?"

화들짝 놀라며 일제히 멈춰 서는 수적들의 모습에 이춘상
이 낄낄거렸다.

수적들의 반응이 너무나 재미있어서였다.

저들도 귀가 있으니 들었을 것이었다.

이쪽에 빼앗긴 화탄이 상당하다는 걸 말이다.

"하나 있네."

"호오, 하나 추가."

유하성이 동정귀옹의 품속에서 목함을 꺼내자 수적들의
웅성거림이 순식간에 전체로 퍼져 나갔다.

수면에 일어난 파문처럼 삽시간에 지금의 상황이 전파된
것이었다.

이춘상이 들고 있는 건 진짜인지 가짜인지 구분이 가지 않
았지만 유하성의 것은 확실하게 알 수 있었다.

다름 아닌 동정귀옹이 소지하고 있었던 만큼 진품이 확실
했다.

"으음!"

"……."

다른 수적들에 비해 단합이 잘된다고 하나 그렇다고 죽고 싶은 이는 없었다.

그렇다 보니 다들 서로의 눈치를 살폈다.

동정귀옹을 구하고 싶었지만 그렇다고 자신이 죽는 건 싫었다.

그때 이춘상이 그들의 결정을 도와주었다.

"일단 하나."

"피, 피해!"

"어허! 어림도 없지."

꽈아아앙!

이춘상이 장난스럽게 웃으며 진천뢰를 던졌다.

그러나 위력은 결코 장난스럽지 않았다.

빠르게 던진 화탄은 정확히 목표로 한 장소에 떨어졌고, 그 결과 서른 명이 죽거나 다쳤다.

화탄이 날아오는 걸 보고 피했음에도 유하성을 포위하고 있었던 탓에 피해가 컸던 것이다.

"끄윽!"

"나, 나 좀 데려가! 나 아직, 안 죽었어……!"

"자아, 하나 더 간다!"

꽈아아앙!

평소와 달리 이춘상은 화탄을 아끼지 않았다.

써야 할 때에는 화끈하게 사용했던 것이다.

마치 이런 때를 기다렸다는 듯이 이춘상은 히죽거리며 수적들이 모여 있는 곳에 화탄을 던졌다.

"도망치지 말고 덮쳐!"

"우리가 먼저 공격해!"

가짜 없이 두 번 연속으로 화탄이 폭발하자 순식간에 백여 명이 증발했다.

이 짧은 시간에 백 명이 넘는 인원이 전투 불능이 되었던 것이다.

그러자 간부로 보이는 수적들이 소리쳤다.

이대로 가다간 죽도 밥도 되지 않을 것 같았기에 오히려 공격을 선택했다.

쌔애액!

그때 달려드는 그들에게 시커먼 무언가가 파공성을 토해 내며 날아왔다.

바로 이춘상이 던진 화탄이었다.

그게 시선에 들어오기 무섭게 수적들이 기겁하며 사방팔 방으로 흩어졌다.

툭. 투둑.

그런데 바닥에 떨어진 화탄은 터지지 않았다.

땅바닥에서 몇 번 튕기고 구르더니 멈추는 모습에 수적들이 어안이 벙벙한 표정을 지었다.

"부, 불발탄인가?"

"벽력문도들도 사람이니 실수를 했을 수도 있지."

시간이 흘러도 터지지 않는 진천뢰의 모습에 수적들이 어리둥절한 표정을 지을 때 오직 이춘상만이 배를 잡고 웃었다.

자기들끼리 추론하는 게 너무나 웃겨서였다.

"큭큭! 가짜이지롱!"

"저, 저 새끼가!"

"육시랄 놈이!"

이춘상에게 농락당한 수적들의 얼굴이 붉어졌다.

하지만 그 표정은 얼마 가지 못했다.

재차 던진 화탄은 진품이어서였다.

폭발과 함께 갈기갈기 찢겨 나간 수적들의 육편과 골편 들이 허공으로 치솟았다가 바닥으로 떨어졌다.

"으아아아!"

그 모습에 몇몇 수적들이 흥분해서 달려들었으나 부질없는 공격일 뿐이었다.

숫자는 수적들에 비해 턱없이 부족할지 모르나 개개인의 실력은 유하성 일행이 위였다.

거기다 원일과 일대제자들은 합격진도 꾸준히 수련한 상태였기에 수적들이 우르르 달려들었음에도 크게 밀리지 않았다.

유하성과 이춘상처럼 압도적인 무력을 보이지는 못했으나

부상자들을 안전하게 지키는 건 충분히 수행했다.

"이익!"

"너희만 있는 줄 아느냐!"

생각했던 것보다 방어선이 견고하자 간부들 몇 명이 품속에 손을 집어넣었다.

그러고는 이춘상이 가지고 있던 것과 똑같은 목함을 꺼냈다.

몇몇 간부들도 진천뢰를 가지고 있었던 것이다.

"아니, 이렇게 고마울 수가!"

그런데 이춘상의 반응이 이상했다.

분명 좋지 않은 상황인데도 간부들이 진천뢰를 꺼내자 오히려 반색한 표정을 지었다.

꽝! 꽝! 꽈앙!

그 이유는 곧 드러났다.

간부들이 던진 진천뢰를 향해 이춘상은 텅 빈 목함을 던졌다.

진기를 실어 허공에서 요격했던 것이다.

그 결과 진천뢰는 간부들의 바람과는 달리 날아가는 도중에 폭발했고, 그로 인해 근처에 있던 수적들이 피하지도 못하고 절명했다.

"미, 미친!"

"크하하하!"

말도 안 되는 광경에 간부들이 경악성을 토해 냈다.

그러나 중요한 건 그 말도 안 되는 일이 눈앞에서 벌어졌다는 사실이었다.

유하성에 가려져서 그렇지 이춘상 역시 정도무림에서 손꼽히는 기재이자 천재였다.

누구보다 빠른 속도로 성장 중이기도 했고.

"피, 피해!"

"공격하지 말라고, 이 병신들아!"

"무기 회수해!"

한편 반대쪽에서는 유하성이 생각지도 못한 방법으로 흑귀채를 밀어붙이고 있었다.

점혈당한 동정귀옹의 목덜미를 잡고서 그를 무기처럼 휘둘렀던 것이다.

마혈이 점혈당해 손가락 하나 까딱하지 못하는 동정귀옹이 이리저리 휘둘러지자 흑귀채의 수적들이 깜짝 놀라며 물러났다.

퍼퍼퍼퍽!

그러나 그게 치명적인 실수였다.

물러나는 것과 동시에 무기를 회수하자 유하성은 품속에 있던 전낭에서 철전을 한 움큼 꺼내서 던졌다.

암기처럼 수적들을 향해 흩뿌렸던 것이다.

"컥!"

"끄윽!"

섬전처럼 파고드는 철전에 포위망의 한 축이 무너졌다.

그러자 유하성은 그곳으로 이동해서 수적들을 도륙했다.

사로잡힌 동정귀옹으로 인해 이러지도, 저러지도 못하는 흑귀채를 학살했던 것이다.

거기다 이춘상도 날뛰기 시작하자 전세는 확연하게 기울었다.

동정호의 일을 정리한 유하성은 곧장 중원수호맹의 총단으로 복귀했다.

행적이 탄로 난 이상 더는 기습의 의미가 없다고 생각해서였다.

거기다 동정귀옹도 생포했기에 유하성은 망설이지 않고 복귀를 선택했다.

똑똑똑.

"나다."

"들어와."

여전히 낯선 처소에서 홀로 조용히 차를 마시던 유하성이 문밖에서 들려오는 익숙한 목소리에 고개를 들었다.

이윽고 문이 열리며 이춘상이 안으로 들어왔다.

털썩!

방으로 들어온 이춘상은 앉으라는 말을 하지 않았음에도 자연스럽게 의자를 끌어와 앉았다.

그러나 유하성은 그 모습에도 당황하지 않았다.

이런 게 한두 번이 아니었기에 담담한 얼굴로 뒤집혀 있던 찻잔을 바로 세우고서 차를 따라 주었다.

"으으. 이제 피곤이 좀 풀리네."

"일은 잘 해결됐어?"

"당연하지. 내가 나서는데 안 풀릴 리가 있나."

"어떻게 하기로 했는데?"

"무당파처럼 하기로 했어."

차를 한 모금 들이켠 이춘상이 씨익 웃으며 대답했다.

당당하게 따라 하겠다고 말하면서 말이다.

"잘했네."

"손발이 없어져서 조금 불편하기는 하겠지만 그렇다고 무인이 아닌 건 아니니까. 지금까지의 경험도 있고. 할 수 있는 일은 얼마든지 있으니까."

"맞아."

"의수와 의족도 각자에게 맞춰서 제작하기로 했어. 제갈세가 아니면 사천당가에 의뢰를 할 예정이야."

유하성은 고개를 주억거렸다.

안 그래도 걱정이 되었는데 이춘상이 잘 해결한 듯싶었다.

"고생했네."

"고생은 무슨. 후개로서 당연히 해야 할 일을 한 건데. 오히려 너무 늦었지. 진즉에 이렇게 신경 써야 했는데."

이춘상이 그답지 않게 깊은 한숨을 내쉬었다.

허송세월을 보냈던 게 다시 떠오른 모양이었다.

"과거를 후회할 시간에 미래를 생각해. 과거는 바꿀 수 없지만 미래는 바꿀 수 있으니까."

"명언이네."

"경험담이야."

"안 그래도 너한테 많이 배우고 있다. 만약 너를 만나지 못했다면 이번처럼 개방 제자들을 챙기지 못했을 거다."

이춘상이 피곤한 얼굴임에도 두 눈을 반짝였다.

친구지만 정말 배울 점이 많은 이가 유하성이라고 그는 생각했다.

허송세월을 보내던 그를 정신 차리게 해 주었을 뿐만 아니라 동문 제자들을 어떻게 생각해야 하는지도 알려 주었다.

"뭐 잘못 먹었냐? 갑자기 왜 또 낯간지러운 소리야?"

"난 인정할 건 인정하는 대인배거든."

"그거랑 대인배랑 무슨 상관인지 전혀 모르겠는데."

유하성이 어깨를 으쓱거렸다.

그로서는 이해가 되지 않아서였다.

하지만 이춘상은 당당했다.

"이 몸이 한층 더 성장했다는 뜻이지!"

"실력이 많이 늘기는 했어."

유하성은 고개를 주억거렸다.

확실히 예전에 비하면 실력이 늘어서였다.

"그럼에도 아직 갈 길이 멀지만."

"한 걸음씩 나아가면 되지. 쉽게 얻는 건 쉽게 잃는 법이
야. 그보다, 알아봤어?"

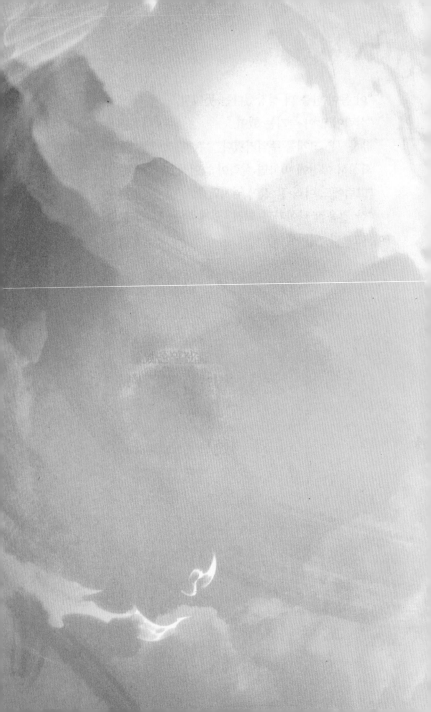

제47장 뿌리부터 흔들어야지

부상자들을 수습했음에도 이춘상이 쉬지 않고 이곳으로 찾아왔다는 건 그럴 만한 이유가 있을 터였다.

그렇기에 유하성이 이춘상을 지그시 바라봤다.

"당연히 알아봤지. 우리가 움직인 건 극비사항인데 동정귀옹이 알고 있다는 건 어디서 정보가 새어 나갔다는 걸 뜻하니까."

이춘상의 표정이 진지해졌다.

그와 유하성이 동정호로 떠난 건 정말 소수만 알고 있었다.

한데 동정귀옹은 물론이고 흑귀채의 수적들은 두 사람을 단번에 알아봤다.

복면에 야행복은 물론이고 무당파의 제자들은 병기까지 바꾼 상태였는데 말이다.

"무당파와 개방에서 흘러 나간 걸 수도 있어."

"으음. 예전이었다면 절대 그럴 일이 없다고 생각했겠지만, 지금은 아냐."

어두워진 얼굴로 이춘상이 한숨을 쉬었다.

당장 무당파만 하더라도 속가문파들이 대거 번천회에 합류한 마당이었다.

개방 역시 친하게 지냈던 문파들이 등을 돌렸기에 내부에서 정보가 유출되었을 가능성은 충분했다.

믿고 싶지는 않았지만 말이다.

"문제는 정말로 무당파와 개방에서 새어 나간 거라면 웬만한 행적은 다 번천회 쪽에 들어간다고 봐야 해."

"근데 내가 알아본 바에 의하면 그건 또 아냐. 우리 사부님 난리 피우는 거 알고 있지? 장로들 데리고 대놓고 개판 치고 있는 거."

"개판이라니. 그래도 사부님이신데."

유하성이 실소를 흘렸다.

아무리 격의 없는 사이라지만 그래도 말이 너무 심한 것 같아서였다.

"사부님도 인정하니까 괜찮아. 사부님 심정을 모르는 것도 아니고. 그리고 한 번 정도는 저렇게 해 줄 필요도 있고.

아마 말을 안 하셔서 그렇지 사부님도 속에 쌓인 게 많으셨을 거야. 명천 대협 일도 있고."

"하긴."

유하성은 고개를 주억거렸다.

만나면 티격태격하시는 두 분이지만 그게 다 친해서 그런 것이었다.

강호에서는 무림쌍선이라 불리기도 했고.

거기다 동정호의 수적들에게 개방의 제자가 처참하게 당했으니 분풀이를 하는 게 이상한 건 아니었다.

"명분은 우리 쪽에 있고 말이지. 그리고 우리 개방은 절대 뒤에서 저급하게 수작질 부리지 않아. 정정당당하게 정면으로 박살 내지!"

"그래서 많은 무림인들이 존경을 표하는 거지. 물욕 대신 의협과 자긍심을 가슴에 품고 있으니까."

"역시 넌 뭘 좀 안다니까."

이춘상이 히죽 웃으며 으쓱댔다.

다른 사람도 아니고 유하성이 이리 말하니 기분이 좋아졌던 것이다.

물론 많은 이들이 이렇게 생각한다는 걸 그 역시 알고 있었지만 소문으로 듣는 것과 직접 듣는 것의 차이는 컸다.

"일단 정보유출에 대해서는 좀 더 알아봐 줘. 무당파도 조사할 테니까. 장문사형께는 일단 말해 둔 상태야."

"그렇다면 확실하지."

"무당파와 개방이 아닌 다른 곳에서 흘린 것일 가능성도 충분하니까. 목적지는 몰라도 우리가 사라진 건 마음먹고 알아보면 알아낼 수 있으니까."

"흠. 그렇긴 하지. 너나 나나 아무래도 총단에서 많은 관심을 받고 있으니까."

또래 중에서는 가장 유명한 무인이라고 해도 과언이 아니었다.

물론 유하성이 조금 더 유명했지만 이춘상은 그 차이가 그리 크지는 않다고 생각했다.

유하성의 말대로 조금만 뒷조사를 해도 두 사람이 사라진 건 쉽게 파악할 수 있을 테고.

그리고 의심이 가는 이가 아예 없지는 않았다.

'워낙에 시기와 질투를 많이 받으니.'

젊은 신진고수 중 누구보다 앞서 있는 게 그와 유하성이었다.

그렇다 보니 그를 시기하고 질투하는 후기지수들이 의외로 꽤 많았다.

"동정귀옹 쪽은 어때? 전문가들이 나섰다고 하지 않았어?"

"닳고 닳은 늙은이답게 쉽지 않은 모양이야. 입을 전혀 안 연다고 하네."

"알고 있는 게 많을 텐데."

유하성이 손가락으로 다탁을 두드렸다.

어쩌면 이쪽에서 알아내는 게 더 빠르고 정확할 수도 있었다.

그러나 문제는 동정귀옹이 입을 쉽게 안 연다는 점이었다.

"전문가들이 밤새워 노력하고 있으니 조금만 더 기다려 보자고. 전문가들인 만큼 무언가 묘수가 있겠지."

"우리가 지금 당장 할 수 있는 것도 없고."

"그렇지. 근데 언제 갈 거야?"

"얼추 준비가 끝나는 대로?"

유하성이 의미심장하게 웃었다.

그러자 이춘상 역시 그와 비슷한 미소를 지었다.

피곤한 상태임에도 두 눈을 반짝거렸던 것이다.

"허허허."

자신의 방에서 명천이 아주 흡족한 웃음을 흘렸다.

유하성의 활약에 식사를 하지 않아도 배가 불렀던 것이다.

개방의 취선이 동정호 인근을 쥐 잡듯이 잡고 있다고 하나 명천은 딱히 그쪽에 관심이 없었다.

취선이 화풀이를 하고 있음을 잘 알아서였다.

"신룡(神龍)과 옥룡(玉龍)이라."

구룡 중 여섯이 죽어서 그런지 유하성과 이춘상을 신룡과 옥룡이라 부르는 이들이 적지 않았다.

죽은 후기지수들의 빈자리를 두 사람으로 채우려는 것이었다.

나이가 조금 많기는 하나 둘 다 아직은 충분히 후기지수라고 부를 수 있는 나이였다.

"용 중의 으뜸인 신룡이라. 그런데 이게 썩 마음에 안 든다는 말이지."

명천이 눈살을 찌푸렸다.

이미 구룡에는 무당파의 대제자이자 차기 장문인인 원일이 있었다.

그런데 원일보다 배분이 높은 유하성이 같은 용의 칭호를 얻는 건 말이 되지 않았다.

실력을 봐도 말이 안 되었고 말이다.

"동정귀옹까지 잡았는데 고작 신룡이라니. 권패보다도 못해."

가장 마음에 안 드는 게 바로 이것이었다.

신룡도 분명 대단한 별호였다.

후기지수라면 누구나 한 번쯤 가지고 싶은 별호가 신룡이었다.

그러나 유하성을 표현하기에는 턱없이 부족했다.

"조금 더 기다려야 하나."

명천이 턱을 쓰다듬었다.

동정귀옹을 사로잡았다는 소식이 알려지자 유하성의 이름이 강호 전역에 퍼져 나갔다.

예전에도 유하성의 무명이 알려지긴 했었으나 이 정도까지는 아니었다.

소림사의 장로와 비무를 해서 이겼으나 그건 말 그대로 비무였고 이번은 생사결이었다.

그렇기에 많은 강호인들이 놀랐다.

비무와 생사결은 완전히 달라서였다.

"아니면 내가 나서 봐?"

명천의 눈썹이 꿈틀거렸다.

그저 그런 무인도 아니고 동정귀옹이었다.

천하십대고수에 비견되진 않더라도 나름 강호를 호령했던 무인이며 수십 년 동안 동정호를 지배했던 고수였다.

그런 동정귀옹을 혼자서 제압했는데 고작 신룡이라니.

"사문의 존장으로서 별호를 지어 주는 게 이상한 일은 아니지만, 그래도 이왕이면 세간에서 먼저 만들어 주었으면 좋겠는데 말이지."

아쉬운 표정으로 명천이 중얼거렸다.

제자인 무율과 마찬가지로 유하성은 향후 무당파를 떠받칠 기둥이었다.

그렇기에 명천은 유하성이 무림에서 제대로 인정을 받았으면 싶었다.

"하압!"

"더 빠르게! 정확하게! 자기 위치 확인해! 머리가 아니라 몸이 기억할 정도로 훈련해야 한다!"

"예!"

활짝 열린 창문으로 우렁찬 기합소리가 들려왔다.

바로 무당파의 제자들이 합격진을 수련하는 소리였다.

단순히 검진을 넘어 모든 무당파의 제자들이 펼칠 수 있는 합격진이었는데 저것 역시 유하성이 만든 것이었다.

정확하게는 연구동의 제자들과 함께 만들었지만 유하성이 아니었다면 탄생하지 못했을 터였다.

"후후후."

정도무림의 모든 무가와 문파 들이 파훼법을 들고 나온 번천회에 정신을 차리지 못할 때 유일하게 무당파만이 제대로 된 대응책을 제시했다.

가장 피해가 적었을뿐더러 그 어떤 문파나 무가 들보다 앞서 해결책을 찾았기에 명천은 미소가 절로 나왔다.

단순히 가장 앞서 있는 수준이 아니었다.

막 시작한 다른 곳들과 달리 무당파는 이미 성과를 내고 있었다.

"그야말로 복덩이야."

내부적으로 논란은 있었으나 중요한 건 결과적으로 유하성의 선택이 맞았다는 것이었다.

그렇다고 유하성이 강압적으로 자신의 의견을 밀어붙인 것도 아니었다.

스스로가 옳다고 생각했기에 시작했고, 그게 무당파에는 더없이 좋은 일이 되었다.

"이번에는 넘을 수 있다."

명천의 눈빛이 가라앉았다.

당장은 소림사가 무당파보다 앞서 있었지만 앞으로 십 년후, 아니 오 년후에는 또 몰랐다.

"천하제일문."

명천이 가슴속으로 수백, 수천 번도 더 되뇌었던 다섯 글자를 내뱉었다.

지금껏 무당파가 단 한 번도 가지지 못했었기에 더더욱 가지고 싶었던 다섯 글자를 말이다.

비록 그는 그 꿈을 자신의 손으로 이루지는 못했지만 어쩌면 두 눈으로 보는 건 가능할지도 몰랐다.

"무당파."

다섯 글자에 세 글자를 더한 것뿐인데도 가슴이 쿵쾅쿵쾅 뛰었다.

웬만한 일에는 이제 놀라지도 않는 심장이 크게 두근거리자 명천의 얼굴이 상기되었다.

그저 여덟 글자를 입 밖에 내뱉은 것뿐인데도 심장이 벌렁거렸다.

"실패한다고 해도 상관없어. 시도하고 노력한다는 게 중요하니까."

무당파 역사상 세 손가락 안에 드는 기재라 불렸던 자신도 넘지 못한 게 소림사였다.

그렇기에 기대는 해도 부담감을 줄 생각은 없었다.

지금껏 알아서 잘해 온 만큼 앞으로도 스스로 잘할 거라고 생각했다.

대신 그는 지원할 수 있는 건 뭐든지 다 할 생각이었다.

"지금만 해도 충분히 잘해 주고 있으니까."

다른 문파들과 무가들이 방향조차 제대로 잡지 못하는 것과 달리 무당파는 누구보다 앞서 나가고 있었다.

심지어 소림사조차 파훼법에 제대로 대응하지 못하는 중이었다.

그나마 무당파 다음으로 빠르게 상황에 적응한 게 개방이었다.

무당파가 했던 걸, 정확하게는 유하성이 시도했던 걸 그대로 따라 하고 있었다.

"그놈도 물건이란 말이지."

명천이 자기도 모르게 피식 웃었다.

이춘상을 떠올리자 실소가 절로 나왔던 것이다.

그러나 가벼운 언행과 달리 이춘상 역시 걸물이라 칭해도 부족함이 없었다.

옆에 유하성이 있어서 그렇지 만약 유하성이 없었다면 이춘상이 정도무림 최고의 신진고수라 불렸을 터였다.

"흐음."

하지만 무당파의 제자가 아니었기에 이춘상에 대한 생각은 금세 끝났다.

굳이 타 문파의 제자에 대해 깊게 생각할 필요는 없어서였다.

대신 명천은 탁자 위에 수북하게 쌓인 서찰을 가만히 응시했다.

몇 개만 확인했지만 나머지도 내용은 대동소이할 게 분명했다.

"왜 나한테 묻는지 모르겠군."

명천이 이유를 알 수 없다는 듯이 중얼거렸다.

그런데 그의 입가가 미세하게 떨리고 있었다.

꿈틀거리며 점점 귀로 가듯 찢어졌던 것이다.

마치 억지로 웃음을 참고 있는 듯한 표정이었다.

"하성이가 결정할 일인데 말이지."

표정을 가다듬으며 명천이 중간에 있는 서신을 꺼냈다.

가주의 직인이 찍혀 있는 봉투를 거침없이 뜯은 명천은 이내 서찰을 천천히 읽기 시작했다.

짐짓 도도한 표정을 지으면서 말이다.
그러나 입꼬리는 여전히 꿈틀거리고 있었다.

모두가 잠든 야심한 밤에 유하성은 불도 켜지 않고서 침상에 가부좌를 틀고 앉아 있었다.
근래 떠오른 화두를 곱씹는 중이었다.
'꼭 내공만이 전부일까.'
처음에는 그저 단순히 동정귀옹과의 전투를 복기했었다.
혈풍사노를 제외하면 가장 강한 무인이 동정귀옹이었다.
또한 일대일로는 혈풍사노보다 동정귀옹이 더 강했다.
그러나 지금 유하성의 화두는 동정귀옹이 아니었다.
'공력이 많으면 많을수록 유리한 건 사실이지. 하지만 공력이 절대적인 기준은 되지 못해.'
동정귀옹도 그렇고 혈풍사노도 그렇고 전부 다 유하성보다 공력이 많았다.
그리고 귀단문의 소문주 역시 유하성보다 공력이 훨씬 더 많았었다.
하지만 결과는 그의 승리였다.
공력이 많다고 꼭 이기는 건 아니었다.
'어떻게 사용하느냐도 중요하지만 그보다 더 중요한 건 싸

우지 않고 이기는 거다.'

유하성은 손자병법의 모공편을 떠올렸다.

가장 좋은 방법은 싸우지 않고 이기는 것이라던 글귀가 말이다.

묘하게 일맥상통하는 글귀를 떠올리며 유하성은 남궁수와의 대련을 회상했다.

'제왕검형.'

지금 생각하는 것과 가장 비슷한 것을 유하성은 예전에 겪어 본 적이 있었다.

바로 남궁수의 제왕검형이었다.

제왕의 검이라는 이름답게 남궁세가의 제왕검형은 단순히 기수식을 취하는 것만으로도 상대를 짓누르는 위압감이 있었다.

실제로 남궁수는 제왕검형을 익히고 검제가 되었고 말이다.

'비슷하지만 달라.'

하지만 유하성이 생각하는 궁극적인 모습이라고는 하기 힘들었다.

애초에 그가 배우고 싶다고 해서 배울 수 있는 것도 아니었고.

게다가 무당파의 무공과 제왕검형은 완전히 달랐다.

추구하는 무도(武道)가 달랐기에 따라 하고 싶어도 따라 할 수가 없었다.

'제왕검형은 분명 대단한 무공이지만 천하제일이라 하긴 힘들어.'

대성한다면 능히 천하제일을 논할 수 있는 무공이 제왕검형이었다.

과거 제왕검형으로 천하제일인, 천하제일검으로 불린 무인이 존재하기도 했고.

그러나 그렇게 따지면 무당파에는 태극혜검이 있었다.

팔이 안으로 굽는 게 아니라 두 무공을 다 겪어 보았기에 유하성은 확실하게 말할 수 있었다.

'둘 다 뛰어나지만 내가 생각하는 무론과는 결이 달라.'

제왕검형이 비슷하기는 했으나 딱 그 정도였다.

유하성의 화두를, 의문을 풀어 주지는 못했다.

'현실적으로 불가능할 수도 있고.'

문득 떠오른 화두였기에 실현가능성에 대해서는 유하성도 어느 정도라고 딱 잘라 말하기가 힘들었다.

가능하다고 장담하기도 힘들었고.

하지만 그렇다고 해서 생각하는 걸 멈추지는 않았다.

어쩌면 지금의 고민이 성장의 발판이 되어 줄지도 몰라서였다.

'만약 가능하다면 내공을 쓰지 않아도 된다. 대신 심력이 소모되겠지만 내공과 체력 말고도 실질적으로 사용할 수 있

는 힘이 하나 더 생긴다면 나에게는 확실히 이득이다.'

지금은 단순한 상상이지만 이걸 실현시킨다면 또 하나의 힘을 손에 넣는 것이나 다름없었다.

물론 다른 사람이 이걸 들으면 허무맹랑하다고 말할지 몰랐다.

그러나 유하성의 생각은 달랐다.

쉽지는 않겠지만 충분히 가능하다고 생각했다.

'그런 예가 없는 것도 아니니까. 단지 수준 차이가 상당해야 한다는 전제조건이 있지만.'

많은 시행착오를 겪어야 하겠지만 그건 유하성에게 익숙한 일이었다.

또한 모두가 불가능하다고 했던 걸 두 번이나 성공한 적이 있기에 유하성은 자신이 있었다.

이번에도 성공할 자신이 말이다.

유하성은 이춘상과 함께 수림을 가로질렀다.

인적이라고는 전혀 찾을 수 없는 우거진 숲이었으나 유하성과 이춘상은 조금도 의문을 품지 않았다.

오히려 인적이 없었기에 더더욱 신뢰가 갔다.

"이러다가 거지가 아니라 도둑이 되겠어."

"필요에 의해서 한 건데. 그나저나 용하긴 용하네. 이런 곳을 어떻게 찾았대."

지난번과 마찬가지로 복면을 하고서 유하성이 절벽 아래를 내려다봤다.

그곳에는 오로지 실용적인 목적에만 충실해 보이는 사 층 목조건물이 있었다.

외딴 곳에 건물 한 채만 덩그러니 있었던 것이다.

"이게 다 우리 덕분이지. 동정호에 모여 있던 수로채들을 흔든 덕분에 개방은 물론이고 중원수호맹의 요원들이 보다 쉽게 움직이게 되었으니까. 수로를 이용할 수 있느냐, 없느냐는 엄청 크니까."

"방주님도 도와주셨잖아."

"사부님은 이걸 위해 도와주었다기보다는 그냥 화풀이지. 겸사겸사 미끼 역할도 하고. 십천주 중 한 놈이라도 걸려 봐라 하는 생각으로. 근데 천하수로채의 천주도 안 나타났잖아."

"그건 좀 의외였지."

천하십대고수를 비롯해서 구파일방과 오대세가의 수장들은 전부 다 중원수호맹의 총단에 모여 있는 상태였다.

즉 노리고 싶어도 쉽게 노릴 수 없었다.

그런데 유일하게 취선만이 밖으로 나왔다.

심지어 번천회의 총단이 있는 호남성 동정호에 모습을 드러냈음에도 십천주 중 누구도 나타나지 않았다.

"사부님과 장로님들이 무서웠겠지."

"혹은 아직 준비가 덜 됐다고 생각했거나."

취선이 천하십대고수라고 하나 번천회에도 강자들은 존재했다.

당장 철기방주만 하더라도 일성을 상대로 크게 밀리지 않은 모습을 보였다.

거기다 힘이 빠졌다고 하나 명천에게 상처를 입힌 귀단문주도 있었다.

그런데도 십천주들은 움직이지 않았다.

"동조해 주면 어디가 덧나?"

"우선은 지금 할 일에 집중하자고. 이게 계획한 대로만 되면 불필요한 피를 흘리지 않아도 될 거야."

"더해서 번천회의 세력도 약화시키고 말이지."

"알지? 이번에도 속도전이야. 최대한 빠르게 치고 빠져야 해. 처음 한 번은 쉽겠지만 두 번째부터는 어려울 거야."

유하성은 동정호에서 했었던 작전을 떠올렸다.

초반에는 수월했지만 막판에는 역으로 함정에 당했었다.

그렇기에 이번에도 비슷한 상황이 벌어질지 몰랐다.

하지만 인원을 늘릴 수도 없는 게 정보가 한번 새어 나갔었기에 다수를 동원할 수가 없었다.

"할 수 있는 데까지는 해 봐야지. 모든 곳을 다 할 수는 없

으니까. 인간적으로 할 수 있는 한계가 있어. 너나 나라고 해
도 말이지."

"그렇지."

"막말로 나는 두 군데만 해도 대단하다고 생각해. 구출은
쉽겠지만 살려서 데려가는 건 무지 어려울 거야. 지키는 게
몇 배는 더 힘드니까."

유하성이 고개를 주억거렸다.

만반의 준비를 하고 계획을 철저히 세웠다고 해도 변수는
있을 수밖에 없었다.

더욱이 인원은 그와 이춘상 단둘뿐이었기에 동정호 작전
보다 몇 배는 더 어려울 터였다.

도와주는 인원이 아예 없는 건 아니지만 핵심전력은 그와
이춘상이었다.

"벽력문의 위치는 아직도 오리무중이야?"

"말도 마라. 어디에 꼭꼭 숨었는지 머리카락 하나 보이지
않더라. 우리뿐만 아니라 다른 곳들도 두 눈에 불을 켜고 찾
는 중인데 아무도 못 찾았어. 난 진짜 벽력문의 창고만 있으
면 되는데."

"진천뢰가 쌓여 있는?"

"역시 넌 나를 아주 잘 알아. 흐흐흐."

이춘상이 음흉한 미소를 지었다.

무슨 상상을 하는지 속이 훤히 들여다보이는 웃음에 유하

성은 피식 웃었다.

참 이춘상도 한결같은 사람이었다.

"슬슬 가자고. 후딱 끝내야지."

"보초들은 보이는 게 다야. 나름 삼엄하게 경계를 서고 있지만 우리 수준에는 어린애 장난 정도지."

"대신 숫자가 많아. 이렇게 외진 곳에 있는데도 불구하고 말이지."

두 눈만 드러난 유하성의 시선이 빠르게 목조건물 주위를 훑었다.

동서남북 사방을 중심으로 초소가 있었는데 삼인일조로 보초를 서고 있었다.

교대하는 인원까지 생각하면 경계 인력이 생각보다 많을 듯했다.

"그만큼 비밀스러운 장소라는 걸 뜻하겠지?"

"어떻게 찾은 거야?"

"우리 개방이 마음먹고 뒤져서 찾아내지 못할 건 없어."

이춘상이 자부심 가득한 어조로 말했다.

두 눈밖에 드러나지 않았지만 유하성에게는 복면 안의 표정이 보이는 듯했다.

"벽력문은?"

"……시간이 조금 걸리는 것뿐이야. 곧 찾아낼 테니 기다려."

이춘상의 기세가 누그러졌다.

벽력문에 대해서는 할 말이 없어서였다.

거기다 아직도 십천 중 마지막 한 곳을 밝혀내지 못했기에 이춘상이 입을 삐죽 내밀었다.

"너무 무리하지는 말고. 본 파뿐만 아니라 다른 곳들도 열심히 찾고 있으니까."

"우리가 가장 먼저 찾을 거다."

"그래."

유하성은 더 말하지 않았다.

굳이 이춘상의 자존심을 건들 필요는 없다고 생각해서였다.

가까운 사이일수록 더더욱 배려가 필요하다고 생각했기에 유하성은 절벽 아래로 몸을 날렸다.

가벼운 몸놀림으로 절벽의 튀어나와 있는 부분을 계단처럼 밟으며 빠르게 내려갔다.

푹. 푸푹.

지리상 가장 가까울 수밖에 없는 북쪽의 초소에 은밀히 접근한 유하성은 순식간에 등 뒤로 접근해서는 보초들의 뒤통수에 비수를 찔렀다.

양손에 하나씩 쥔 비수로 두 명을 순식간에 처리했던 것이다.

스윽.

마지막 남은 한 명은 이춘상이 소리 없이 다가가 처리했다.

유하성과 마찬가지로 같은 대장간에서 구입한 비수로 깔끔하게 절명시켰다.

−남쪽 초소에서 보자고.

−그래.

이춘상은 시체를 교묘하게 세워 두었다.

멀리서 보면 벽에 기대어 있는 것처럼 보이도록 말이다.

더구나 야심한 밤이었기에 자세히 보지 않으면 목을 타고 흘러내리는 피가 보이지 않을 것이었다.

유하성도 처리한 두 명을 똑같이 세워 놓고는 동쪽 초소를 향해 이동했다.

−쳇. 조금 늦었네.

분명 먼저 출발한 건 이춘상이었는데 남쪽 초소에 도착하자 유하성이 있었다.

그것도 이미 두 명을 죽인 상태였기에 이춘상이 마치 졌다는 듯이 전음을 보내며 남은 한 명을 처리했다.

−속도가 중요하나. 계획대로 흘러가는 게 중요하지. 이제 들어가자.

−이런 건 좀 건성건성 해 달라고. 나도 이기는 게 있어야 할 거 아냐?

툴툴거리는 이춘상의 전음을 들으며 유하성은 고양이처럼

소리 없이 날렵하게 목조건물 안으로 스며들었다.

초소 다음의 목표는 바로 번천회의 무인들이었다.

호위 병력부터 처리해야 다음 작업이 수월했기에 유하성은 건물에 들어가자마자 무인들이 모여 있는 곳을 찾았다.

푹. 푹. 푹.

그 후의 일은 뻔했다.

이춘상과 함께 유하성은 무인들을 빠르게 처리했다.

잠에 빠진 이들이 영원히 깨어나지 못하도록 만들어 주었던 것이다.

'신기하단 말이지.'

그 모습을 힐끔거리던 이춘상이 작게 고개를 갸웃거렸다.

분명 이런 잠입이나 암살이 처음일 텐데도 유하성의 움직임에는 군더더기가 없었다.

아무리 만류귀종이라지만 암살과 잠입에도 능숙한 모습을 보이자 이춘상은 질투가 났다.

누구는 아득바득 수련해서 지금의 수준까지 왔는데 유하성은 너무 쉽게 쉽게 하는 것 같아서였다.

-왜?

-짜증 나서.

-왜 짜증이 나? 계획대로 잘되고 있잖아?

유하성의 눈동자에 의아함이 떠올랐다.

순조롭게 진행이 되는데 짜증 난다고 하자 의문이 들었던 것이다.

-네가.

-내가 뭘?

-난 완벽한 인간들이 싫어. 사람이 말이야, 조금 부족한 것도 있고 실수도 해야 인간미가 있는 법인데.

-뭐야.

짜증 난다는 의미를 이해한 유하성이 피식 웃었다.

그러나 딱히 반응하지는 않았다.

이런 말을 한두 번 들은 게 아니어서였다.

그래서 유하성은 창문을 통해 밖으로 나와서 건물 외벽을 타고 올라갔다.

-저 눈빛은······.

유하성을 따라 건물 외벽을 타고 사 층으로 올라가 창문 안쪽을 확인하던 이춘상의 동공이 일순 흔들렸다.

특이하게도 아이들의 숙소에는 불침번이 있었는데 불침번을 서는 아이의 표정이 이상했다.

열두어 살 정도로 보이는 소년이었는데 표정이 아예 없을 뿐더러 눈빛이 멍했다.

마치 약에 취해 있는 듯한 모습인데 놀라운 건 그러면서도 양쪽 평상 사이의 길을 규칙적으로 가로지른다는 점이었다.

-너도 몰랐던 거야?

-응. 우리도 위치만 파악했지 이렇게 가까이 접근하지는

않았어. 타초경사(打草驚蛇)의 우를 범할 수도 있어서.

이춘상의 눈매가 파르르 떨었다.

복면으로 가려져 있었으나 부글부글 끓는 표정일 게 분명했다.

그 정도로 이춘상은 분노하고 있었다.

-내 짐작이 맞는 거겠지?

-어. 약을 쓴 게 분명해. 애들 자는 것 봐. 열 살도 안 되는 아이들이 저렇게 반듯하게 자는 게 가능할 거 같아? 아무리 훈련시킨다고 해도 저건 불가능이야. 자는 자세까지 통제하는 건 진짜 쉽지 않아.

차갑게 가라앉은 눈빛으로 이춘상이 빠르게 실내를 훑었다.

그러면서 그는 기계적으로 양쪽 끝을 왔다 갔다 반복하는 불침번 아이도 유심히 쳐다봤다.

-……예상했던 것보다 심각한데.

-이러면 우리 뜻대로 안 될 수도 있어. 데리고 가는 게 불가능할지도 몰라.

-그건 안 돼.

이춘상이 회의적으로 말했다.

지금의 모습만 보면 단순히 약만 사용했을 리가 없어서였다.

대개 약과 함께하는 게 바로 세뇌 작업이었다.

그런 만큼 두 사람이 구해 주려고 해도 아이들이 따라나서
지 않을 가능성이 높았다.

－이건 우리가 어떻게 할 수 있는 일이 아냐. 어쩌면 늦었
을 수도 있어.

이춘상은 두 눈을 감았다.

마음은 그도 유하성과 똑같았다.

수용소에 갇혀 있는 저 아이들을 구하고 싶은 마음이 굴뚝
같았다.

그러나 세뇌 작업이 어느 정도 진행된 상태라면 그나 유하
성이 무슨 말을 하더라도 소용없을 게 분명했다.

－그럼 이대로 놔두자고?

－……최악의 상황이라면 차라리 영면을 취하게 해 주는
게 나을 거야.

이춘상이 무거운 어조로 말했다.

깊은 고뇌와 결심이 같이 느껴지는 전음에 유하성의 눈빛
도 가라앉았다.

누구보다 의협심이 강하고 아이들을 좋아하는 이춘상이
저렇게 말한다면 정말 가능성이 없다는 뜻이었다.

조금이라도 희망이 있다면, 1할이라도 가능성이 있다면
이춘상은 그걸 택할 텐데 영면이라는 단어를 꺼냈다는 건 여
지가 없다는 걸 뜻했다.

－다른 방에 가 보자.

-차라리 지금 끝내 주는 게 도와주는 것일 수도 있어.

-세뇌는 상당히 지능적이고 체계적인 작업이라고 들었어. 거기다 약까지 사용했다면 그 분야의 전문가가 이곳에 같이 있을 거라고 생각하는데.

-흐음.

유하성의 전음에 이춘상이 턱을 쓰다듬었다.

확실히 일리가 있는 말이었다.

사람은 강한 것처럼 보여도 상당히 약했다.

더욱이 성인 장정도 아니고 어린아이들, 거기다 나이와 성별도 다 다른 만큼 약 역시 사용량이 다 다를 것이었다.

'그렇다는 말은 개개인에 맞춰 약의 양을 조절하는 인물이 있다는 뜻이겠지. 그냥 버릴 패였으면 폭혈단을 먹이지 이렇게 공을 들이지는 않을 거야.'

이춘상은 냉정하게 생각했다.

수용소를 만들고, 아이들을 먹이고 재우는 비용은 결코 적지 않았다.

즉, 번천회가 이곳에 들이는 공이 적지 않다는 걸 뜻했다.

그렇다면 분명 약의 양을 조절하는 이가 있을 터였다.

-대단하다. 이 짧은 순간에 그걸 떠올린 거야?

-가급적이면 아이들을 구해 주고 싶으니까. 부모와 만나게도 해 주고 싶고. 하지만 그게 안 된다면 네 말대로 해야겠지.

-선택지가 두 개인 게 어디야. 일단 다른 곳을 찾아보자. 네 말대로 약을 조절하는 놈이 있을 수도 있어. 아이들의 시체가 없고, 상태가 양호하단 건 세심하게 관리하고 있다는 뜻이니까.

이춘상이 그리 말하며 거미처럼 건물 외벽을 타고 빠르게 이동했다.

그리고 곧 수상해 보이는 방을 찾을 수 있었다.

온갖 약초들로 가득 채워져 있는 방을 발견했던 것이다.

거기다 때마침 그 방에는 약재를 관리하는 이로 보이는 늙수그레한 노인도 있었다.

-좋았어.

선입선출을 하는 것처럼 같은 약재의 위치를 계속해서 바꾸는 노인의 모습에 이춘상이 눈을 빛내며 방 안으로 스며들었다.

속전속결이라는 말처럼 빠르게 노인을 제압했던 것이다.

"읍! 읍!"

무공을 익히지 않은 이였기에 제압은 손쉬웠다.

순식간에 마혈과 아혈을 점혈당한 노인이 잔뜩 겁먹은 눈빛으로 두 사람을 번갈아 쳐다봤다.

그러나 노인이 볼 수 있는 것이라고는 두 쌍의 눈뿐이었다.

"기막 쳤으니까 아혈 풀어도 돼."

"역시 우리는 손발이 척척 맞는다니까."

"누, 누구십니까?"

유하성이 입을 열자 이춘상의 눈꼬리가 활처럼 휘었다.

동시에 아혈이 풀린 노인이 눈알을 데굴데굴 굴리며 물었다.

두 사람을 자극하기보다는 비굴할 정도로 눈치를 살폈다.

자신의 처지를 확실하게 인지하고 있었던 것이다.

"당신하고는 말이 잘 통할 것 같은데?"

"워, 원하시는 건 다 말씀드리겠습니다. 그러니 제발 살려만 주십시오."

지금까지 생포한 인질과는 완전히 다른 모습이었으나 이춘상은 이상하게 생각하지 않았다.

무인이 아니기에 목숨을 구걸하는 게 이상하지 않았던 것이다.

그에게는 기를 쓰고 반항하는 이보다는 이렇게 협조적인 인물이 훨씬 좋았다.

"정말 살고 싶어?"

"예, 예! 제가 알고 있는 건 뭐든지 다 말씀드리겠습니다. 그러니 제발 목숨만은 살려 주십시오."

마혈을 점혈당했기에 노인은 꿈쩍도 할 수 없었다.

그렇기에 노인은 눈빛과 목소리로 간절하게 빌었다.

아직은 죽고 싶은 마음이 전혀 없어서였다.

"어디 소속이지?"

"귀단문입니다."

"응?"

"정확하게는 귀단문에서 약을 만들고 있습니다."

이춘상은 물론이고 유하성의 눈동자에 의문이 떠오르자 노인이 귀신같이 말을 이었다.

귀단문도라고 해서 꼭 모두가 무공을 익히고 있는 건 아니었다.

그와 같이 연구하고 환약을 제조하는 이들도 있었다.

정확하게는 무사들보다 노인과 같은 이들이 훨씬 더 많았다.

"폭정단이나 폭혈단 같은?"

"그, 그렇습니다. 하지만 전 두 환약을 제조할 수준이 아니라서 이곳에 파견되었습니다."

"아무나 제조법을 알지는 못한다는 건가?"

"예."

노인은 망설이지 않고 대답했다.

사실이기도 했을뿐더러 어차피 좌천당해 이곳으로 끌려온 마당이었다.

그렇기에 노인은 조금의 죄책감도 들지 않았다.

오직 하나, 살아남는 것만 생각했다.

"그럼 이곳에서 한 건? 아이들을 세뇌시키는 약을 제조한 건가?"

"맞습니다."

"미친 새끼."

노인이 눈을 내리깔았다.

살기등등한 이춘상의 시선을 마주할 엄두가 나지 않아서였다.

바늘로 살갗을 푹푹 찌르는 듯한 매서운 살기에 노인은 마른침을 삼켰다.

"몇 명이나 파견 나왔지?"

"저, 저를 포함해서 두 명입니다."

"단 두 명이서 백 명이 넘는 아이들을 제어할 수 있다고?"

"예. 처음이 어렵지 어느 정도 궤도에 오르면 혼자서도 충분히 양을 조절할 수 있습니다."

씩씩거리며 콧김을 내뿜는 이춘상을 대신해 이번에는 유하성이 물었다.

협조적으로 나오는 만큼 궁금했던 걸 전부 다 물었던 것이다.

"이런 수용소가 몇 곳이나 있지?"

"그것까지는 잘 모릅니다. 죄송합니다."

"똑똑하군. 어쭙잖게 말했으면 실망했을 텐데."

"가, 감사합니다."

이춘상과 달리 유하성은 미약한 살기도 흘리지 않았지만

무당패왕

노인은 알았다.

두 사람 중 누가 결정권자인지 말이다.

상하관계로 보이지는 않았지만 한 가지는 확실하게 느낄 수 있었다.

유하성의 발언권이 좀 더 세다는 것을.

"귀단문의 위치는?"

"총단을 지으면서 옮긴 것으로 알고 있습니다. 장소 자체를 날려 버린 것으로 아는데 원하신다면 말씀드리겠습니다."

청산유수처럼 흘러나오는 대답에 유하성은 실소를 흘렸다.

정말 제대로 마음먹고 싹 다 말해 주려는 것 같아서였다.

"그렇다면 됐어. 본론으로 돌아와서, 저 아이들 다시 본래대로 되돌릴 수 있어?"

꿀꺽.

유하성의 심유한 눈빛이 노인에게 닿았다.

마치 속을 꿰뚫어 볼 것 같은 깊고 섬뜩한 눈동자에 노인은 처음으로 입을 다물었다.

말이 바로 나오지 않은 것이었다.

"이미 늦었나?"

"가, 가능은 합니다!"

"대답이 늦었는데. 이유가 있겠지?"

"아직, 아직 늦지는 않았습니다. 단지 대답이 늦은 건 저도 확실하게 말씀을 드릴 수가 없어서 잠깐 생각한 것뿐입니다.”

노인이 황급히 말을 이었다.

어쩌면 지금 이 순간이 생사의 기로일 수도 있기에 노인은 속사포처럼 말을 쏟아 냈다.

“늦지는 않았으나 쉽지도 않다?”

“그렇습니다.”

“보조하는 인원이 더 늘어난다면? 가능성이 높아지나?”

옆에 있던 이춘상의 두 눈이 번뜩였다.

이건 생각지도 못해서였다.

“확률은 분명히 올라갈 겁니다. 저 혼자서는 한계가 있으니까요. 그런데 어느 정도의 시간이 필요합니다. 단번에 정상으로 되돌리기는 힘듭니다.”

“네가 죽는다고 해도?”

“예.”

다시 한번 마른침을 삼키며 노인이 대답했다.

하고 싶어도 이건 할 수가 없었다.

그가 할 수 있는 역량 밖의 문제였기에 노인은 망설이지 않고 대답했다.

-이렇게까지 말하는 걸 보면 사실인 거 같은데?

-내가 보기에도.

이춘상의 전음에 유하성도 동조했다.

호언장담을 해도 이상하지 않은 상황에서 솔직하게 말해서였다.

"한 가지 묻고 싶은 게 있는데."

"제가 알고 있는 것이라면 전부 다 말씀드리겠습니다."

"여기 창고에 진천뢰 좀 있나?"

슬쩍 입을 여는 이춘상의 모습에 유하성이 헛웃음을 흘렸다.

정말 마지막까지 욕심을 포기하지 않는 것 같아서였다.

하지만 타박하지는 않았다.

만약 있다면 챙겨서 나쁠 건 없다고 생각했다.

중원수호맹의 총단이 멀지 않은 곳에서 낭인들이 삼삼오오 모여들었다.

대부분이 처음 보는 이들이었지만 목적은 같았다.

그렇기에 서로 대충 눈인사를 한 후 주위를 살폈다.

모여드는 인원이 많아지는 만큼 중원수호맹에서 알아차릴 가능성도 높아져서였다.

"받아라."

모인 낭인들에게 장돌뱅이처럼 봇짐을 메고 있던 장정들이 무언가를 나눠 주기 시작했다.

바로 현재 무림에서 유명한, 어린아이들도 알고 있는 환약을 주는 것이었다.

"으음!"

폭정단을 받아 든 낭인들이 하나같이 복잡한 눈빛을 뿌렸다.

막강한 힘을 주지만 대신에 목숨을 가져가는 게 바로 손에 든 환약이었기에 모두가 비슷한 표정을 지었다.

"그래도 저 사람들보다는 낫지."

"먹자마자 죽지는 않으니까."

낭인들의 시선이 후방에 모여 있는 촌로와 촌부 들에게로 향했다.

나이 지긋한 노파들도 있었는데 그들 역시 장정들에게서 자그마한 환약을 받았다.

낭인들이 받은 것과 비슷한 크기지만 색깔이 완전히 다른 환약의 모습에 몇몇 이들이 중얼거렸다.

폭혈단을 보며 위안을 삼았던 것이다.

"다행은 무슨. 똑같은 개미 목숨인데."

"거, 말 함부로 하지 말지? 가뜩이나 심사가 복잡한데."

"복잡할 게 뭐 있어? 어차피 오늘 뒈지는 건 다 똑같은데. 먼저 뒈지느냐 나중에 뒈지느냐의 차이지."

"이 새끼가!"

분위기가 삽시간에 험악해졌다.

험하게 사는 이들이 모여서 그런지 별거 아닌 말에 급격히 흥분했던 것이다.

그러나 번천회에서 파견된 것으로 보이는 인물은 그 모습에도 말릴 기미를 보이지 않았다.

기계적으로 낭인들과 양민들에게 폭정단과 폭혈단을 나눠 주기만 했다.

"자자, 다들 진정하라고."

"우리들끼리 싸울 필요 없잖아? 괜히 힘 빼지 말자고. 힘을 쓸 곳은 따로 있으니까."

"니미."

"흥!"

흥분하기는 했으나 다들 알고 있었다.

여기서 싸워서 좋을 게 단 하나도 없다는 사실을 말이다.

단지 얕잡아 보이기 싫었기에 강하게 나간 것뿐이었다.

"응 저거 뭐지?"

"마차를 왜 저렇게 세우지?"

그때 중원수호맹의 정문을 주시하고 있던 몇몇 낭인들이 웅성거렸다.

"우리가 모인 걸 알아챘나?"

"그럼 공격부터 했겠지. 이쪽으로 오는 낌새는 없어."

"아직은 눈치 못 챘을걸. 워낙에 사람이 많아야지. 일부러 그걸 노리기도 했고."

모인 인원이 이백 가까이 되었으나 이 정도 인원은 저잣거리만 가도 흔하게 볼 수 있었다.

일부러 딱 애매한 숫자를 모으기도 했고.

거기다 일반 양민들이 반 가까이 되었기에 수상하다고 생각은 해도 확신하지는 못할 터였다.

"어?!"

"하, 하남이?"

"경복이가 왜 저곳에……?"

횡렬로 나란히 선 마차의 문이 일제히 열리며 어린아이들이 내렸다.

그런데 그 모습에 몇몇 낭인들과 촌부들이 깜짝 놀랐다.

저기 있어선 안 되는 이가 있어서였다.

지금쯤 훈련소에서 상승절학을 익히고 있어야 할 자신의 아들이, 손자가 멍한 표정으로 마차에서 내려 가만히 서 있는 모습에 입을 열었던 이들이 이성을 잃고서 몸을 날렸다.

"멈춰라!"

그 모습에 번천회에서 파견된 무인이 다급하게 소리쳤다.

아직 환약의 분배가 다 되지 않았기에 말리는 것이었다.

하지만 이미 달리기 시작한 이들의 귀에 그들의 목소리는 들리지 않았다.

"거기까지."

콰콰콰쾅!

본능적으로 자식을 향해 몸을 날렸던 낭인들과 촌부들이 허공을 가르며 쇄도하는 거대한 빛줄기에 기겁하며 멈춰 섰다.

무시무시한 기운에 몸이 저절로 반응한 것이었다.

동시에 달려가던 이들은 정신을 차렸다.

"다, 당신은……."

"지금 그게 중요한 게 아닐 텐데? 이 아이들을 제대로 봐라."

권기를 내뿜어 수십 장의 땅에 금을 그은 유하성이 옆에 있는 아이의 어깨에 손을 올렸다.

그러나 유하성의 손길에도 열두어 살 정도로 보이는 소년은 아무런 반응을 보이지 않았다.

마치 인형처럼 무표정하고 멍한 눈빛으로 가만히 있기만 했다.

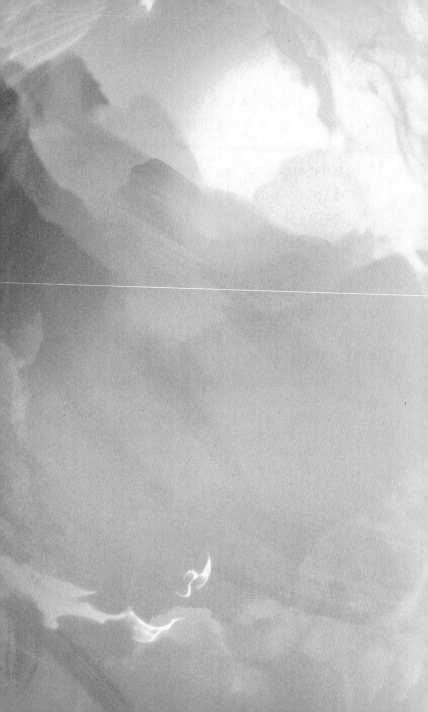

제48장 이용당하고 싶은 사람은 없다

  그 모습에 달려들던 이들이 뒤늦게 이상한 점을 알아차렸다.

  분명 아비가 달려오는 걸 봤을 텐데 아들은 아무런 반응을 보이지 않았다.

  그저 그를 멍하니 응시하기만 했다.

  아니, 정확하게는 빈 허공을 바라보고 있었다.

  "무슨 짓을, 내 아들에게 무슨 짓을 한 겁니까!"

  "하남아! 아빠다! 아빠가 왔어!"

  유하성의 경고가 아직도 머리에 선명히 남아 있기에 달려오던 낭인들은 섣불리 움직이지 않았다.

  대신 핏발이 잔뜩 선 눈으로 유하성을 쏘아봤다.

자신은 죽어도 상관없지만 아들은 아니었다.

그의 목숨보다 더 중요하고 소중한 존재가 아들이었다.

번천회의 제안을 받아들인 것도 다 아들 때문이었고.

그렇기에 낭인들은 물론이고 촌부들이 시뻘게진 얼굴로 유하성을 향해 악을 썼다.

"이거 참. 감사 인사를 받아도 모자랄 판에. 누가 보면 우리가 이렇게 만든 것처럼 알겠어."

"어?"

유하성의 뒤로 이춘상이 건들거리며 걸어 나왔다.

뒷짐을 지고서 건들거리며 유하성의 옆에 섰던 것이다.

그러나 다가온 이들은 이춘상의 태도보다 그의 말에 집중했다.

특히 마지막 말을 말이다.

"그 말은……."

"번천회가 그랬다는 겁니까?"

"우리가 이렇게 할 이유가 없잖아? 이럴 능력도 없고. 뭘 해도 기반이 있어야 하지."

사람들의 동공이 흔들렸다.

하나같이 맞는 소리여서였다.

특히 정의를 표방하는 중원수호맹이었기에 저열한 짓을 하는 순간 세인들의 외면을 받을 게 뻔했다.

그런 짓을 중원수호맹이 선택할 리가 없었다.

만에 하나 하더라도 어떻게든 감추려고 하지 이렇게 대놓고 드러내지는 않았을 터였다.

그렇다면 답은 하나였다.

"어찌 이런 짓을……!"

"우리와의 약속을 이딴 식으로 어기다니!"

분위기가 삽시간에 살벌해졌다.

이제야 모든 걸 깨달은 것이었다.

그리고 그 모습에 뒤에 있던 이들도 웅성거렸다.

번천회에 이용당했다는 사실이 빠르게 퍼져 나가는 것이었다.

"공격해라!"

"지금 당장 공격해!"

묘하게 흘러가는 분위기에 번천회의 무사들이 황급히 명령을 내렸다.

가만히 있다가는 역으로 당할 것 같아서였다.

하지만 다급한 무사들의 지시에도 따르는 이는 없었다.

도리어 다들 뿔뿔이 흩어졌다.

"뭣들 하는 것이냐!"

불신과 분노가 서린 눈빛으로 사방팔방으로 물러나는 모습에 번천회의 무사들이 곤혹스러운 표정을 지으며 소리쳤다.

하지만 그들의 노성에도 낭인들과 촌부들은 이동하는 걸

멈추지 않았다.

실상을 알게 되었기에 더 이상은 그들의 지시에 따르지 않았던 것이다.

"이익!"

그런 낭인들의 모습에 번천회의 무사 한 명이 품에 있던 단검을 뽑고 달려들었다.

말을 듣지 않으니 본보기로 몇 명을 죽일 생각인 듯싶었다.

그러나 잡일을 하는 말단의 실력이 뛰어날 리 없었다.

동료들과 함께라면 모를까 혼자서 수십 명의 낭인들을 상대하는 건 불가능했다.

푸푹!

호기롭게 나섰던 것과 달리 번천회의 무사는 이내 대여섯 자루의 칼과 창에 찔린 채로 바닥에 주저앉았다.

그런데 그가 당했음에도 나서는 무사들은 없었다.

"내 아들, 우리 아들은 어디에 있지? 말해!"

"어떻게 된 건지 똑똑히 말해!"

"큭큭큭!"

닦달하는 낭인들의 말에도 피투성이가 된 무사는 도리어 웃었다.

마치 벌레를 보듯 낭인들을 내려다봤던 것이다.

"웃어?"

"지금 웃음이 나와?"

"병신 같은 놈들. 버러지의 새끼는 똑같이 버러지일 뿐이야. 상승무공? 주제를 알아야지. 네깟 놈들에게 상승무공을 줄 바에야 다른 제자들에게 주지. 줘도 제대로 익히지 못할 걸 뭐 하러 줘?"

무사가 키득거렸다.

하지만 그럴수록 분위기는 흉흉해졌다.

일말의 기대가 산산이 조각났기에 낭인들은 물론이고 촌부들과 촌로들도 시뻘게진 눈으로 무사를 죽일 듯이 노려봤다.

"그렇단 말이지……."

"오히려 우리가 거둬 준 걸 고맙게 여겨야지. 밑바닥 인생을 전전하는 것보다는 번천회의 무사로 살아가는 게 훨씬 낫지. 천하를 평정하는 데 힘을 보태는 것이니까!"

어차피 죽을 거란 사실을 알아서인지 무사는 계속해서 나불거렸다.

하나같이 낭인들과 양민들을 자극하는 말들을 말이다.

그 결과 무사는 마지막까지 고통을 받으며 죽었다.

전신이 난자된 상태로 말이다.

"모두 죽여!"

"단 한 놈도 살려 두지 마!"

그리고 그건 다른 무사들도 마찬가지였다.

일제히 달려드는 낭인들로 인해 번천회의 무사들 역시 같은 말로를 걸었다.

"원래대로, 원래대로 돌아올 수는 있는 겁니까?"

후방이 시끄러운 것과 달리 유하성이 서 있는 곳은 의외로 조용했다.

아니, 정확하게는 분위기가 무거웠다.

자식이 연관되어 있었기에 다들 불안한 눈으로 유하성과 이춘상을 번갈아 쳐다봤다.

"늦었다면 어떻게 하게?"

"으음!"

다들 하나같이 눈을 질끈 감았다.

유하성이 이미 늦었다고 말하는 것 같아서였다.

"크흑!"

"크형형형!"

그 말에 몇몇 장정들이 눈물을 흘렸다.

자신은 팔다리가 잘려 나가도 괜찮지만 자식은 아니었다.

칼에 찔린 상처보다 자식의 긁힌 상처가 더 신경 쓰이는 게 부모였기에 장정들은 세상이 무너진 것처럼 울었다.

그리고 몇몇은 침중한 얼굴로 고개를 숙였다.

목숨을 걸고 이곳에 온 이유는 오직 자식 때문이었다.

자신과는 다른 삶을 살게 해 주고자 여기 있는 이들은 목숨을 걸었다.

비루하기 짝이 없는 삶이 아닌, 천하를 호령하는 절대고수는 못 되더라도 떵떵거리며 살기를 바랐었다.

그런데 그 바람이 무참하게 박살 나자 모두가 허망한 얼굴로 주저앉았다.

"아직 우리 말 안 끝났는데."

번쩍!

한순간에 수십 년은 늙은 얼굴로 주저앉아서 한숨을 푹푹 쉬던 이들의 고개가 번쩍 들렸다.

이춘상의 말에 반사적으로 반응한 것이었다.

"당장은 힘들지만 꾸준히 약물치료를 하면 원래대로 돌아갈 수 있다고 하더군."

"완치까지 걸리는 시간은 개인차가 있다고 해. 그래도 다행스러운 건 아직 늦지 않았다는 거지."

"감사합니다, 정말 감사합니다!"

장정들의 표정이 일변했다.

그러고는 다들 무릎을 꿇었다.

치료가 가능하단 말에, 완치할 수 있다는 말에 다들 안도한 것이었다.

자식을 위해 스스로의 목숨을 내놓았던 만큼 지금 그들은 그 어떤 것이라도 할 수 있었다.

"물론 공짜는 아냐. 당신들이 해 주었으면 하는 일이 있어."

"하명만 하십시오. 뭐든지 다 하겠습니다! 아들을 치료할 수 있으면 무엇이든지 다 할 수 있습니다!"

"저도 그렇습니다!"

먼저 말하기 대결이라도 하는 것처럼 이춘상의 말이 끝나기 무섭게 여기저기서 대답이 쏟아졌다.

죽으라고 하면 정말 죽겠다는 기세에 이춘상이 피식 웃었다.

새삼 부성애를 느낄 수 있어서였다.

물론 그는 자식을 낳아 본 적이 없기에 이들의 심정을 십분 이해할 수는 없었지만.

"우선은 환약부터."

"여기 있습니다!"

말이 채 끝나기도 전에 폭정단과 폭혈단이 모습을 드러냈다.

배분받았던 두 환약을 망설이지 않고 내밀었던 것이다.

그러고는 하나같이 초롱초롱한 눈으로 이춘상을 바라봤다.

더 시킬 게 있으면 얼마든지 시켜 달라는 듯이 말이다.

"다른 하나는 이 소식을 모두에게 알려 줬으면 하는데."

무당패왕 武當霸王

"정확히 무엇을 말씀이십니까?"

"우리가 구출한 곳보다 구출하지 못한 수용소가 더 많아. 즉, 이와 같은 아이들이 최소 수백 명이 더 있을 거란 말이지. 지금까지 중원수호맹을 습격했던 이들의 숫자를 생각하면 그 이상이 될 수도 있고."

사람들의 표정이 굳어졌다.

여기 있는 이들은 운이 좋아 늦지 않게 발견했지만 다른 이들은 몰랐다.

당장 후방에 있는 이들만 하더라도 자식이 어디에 있는지 모르는 상태였다.

어쩌면 이미 늦었을지도 모르고.

"불필요한 죽음은 없어야 하지 않겠어? 그리고 지금 이 순간에도 수용소를 찾는 중이야. 발견하는 즉시 구출조를 투입하고 있고. 그러니 이 소식을 최대한 퍼트려 주었으면 해."

"그리하겠습니다."

"지금 당장 아는 사람들에게 모두 알리겠습니다."

같은 부모로서 이 사실을 알게 된 이들이 어떤 심정일지 너무나 잘 알았다.

그렇기에 모여 있는 모두가 똑같은 마음으로 대답했다.

"아이들은 걱정하지 말고. 계속 치료하고 있는 중이니까. 차도도 있고. 우리는 번천회처럼 숨기지 않아. 원한다면 같이 있도록 해 주지."

"감사합니다."

장정들이 일제히 허리를 숙였다.

그러면서 속으로 정말 천만다행이라고 생각했다.

만약 아무것도 모른 채 번천회의 꼭두각시로 죽었다면 아들이, 손자가 이지 없는 살인병기가 되어 도구처럼 사용되었을 터였다.

그걸 생각하자 모두 분노가 치솟았다.

'절대 가만두지 않을 거야.'

'내가 할 수 있는 모든 방법을 동원해서 복수해 주마!'

보잘것없는 낭인이었지만 복수할 방법이 아예 없는 건 아니었다.

이춘상이 부탁한 것도 어떻게 보면 번천회에 복수하는 일이었다.

잘하면 번천회의 근간을 뒤흔들지도 모르고.

그렇기에 여기 있는 이들은 빠르게 눈빛을 교환했다.

드넓은 회의실에 열 명이 앉아 있었으나 누구 하나 입을 열지 않았다.

대신 무거운 침묵만이 회의실을 가득 채우고 있었다.

"왜 다들 말이 없지?"

무당
패왕

"할 말이 없으니까."

"왜 할 말이 없어! 대책을 생각해야지!"

콰앙!

우람한 체격의 거한이 거칠게 탁자를 내려찍었다.

그러자 그의 손바닥이 닿은 곳을 중심으로 탁자가 금이 갔다.

하지만 녹림십팔채를 이끄는 총표파자의 거친 행동에도 누구 하나 반응하지 않았다.

이런 일은 일상이라는 듯이 다들 덤덤한 신색이었던 것이다.

"대책은 무슨. 버러지들이 모였다가 떠난 것뿐인데."

"그래도 좀 아쉽긴 해. 나름 견제용으로 쓸모 있는 패였는데."

흥분한 총표파자와 달리 두 명의 장년인은 담담했다.

수많은 이들의 이탈에도 별일 아니라는 듯이 말이다.

"그걸 지금 말이라고 하는 것이냐!"

태평하기 짝이 없는 다른 천주들의 모습에 총표파자가 버럭 소리를 질렀다.

내공을 담았는지 회의실이 쩌렁쩌렁 울렸다.

"작게 말해도 다 들린다."

"이대로 가만히 지켜볼 거냐?"

총표파자가 으르렁거리며 철기방주를 노려봤다.

자신은 피해가 없다고 너무 무심한 것 같아서였다.

"안 지켜볼 것이었으면 내 사형제들이 사로잡혔을 때 움직였겠지."

"공공문주."

"기대하지 말라고. 짜증 내 봤자 너만 손해야."

총표파자의 시선이 복면을 하고 있는 공공문주에게로 향했다.

담담한 어조와 달리 유일하게 드러난 두 눈에는 깊은 분노와 실망이 서려 있었다.

아직도 사형제들의 생사를 몰랐기에 공공문주는 이 자리에 참석했지만 다른 이들을 믿지도, 기대하지도 않았다.

애초에 그들은 무림전복이라는 하나의 목표를 위해 잠시 연합한 것뿐이었다.

"나 역시 같은 생각이야."

"흠."

거기에 천하수로채의 총채주가 가세했다.

동정귀옹이 앞마당에서 사로잡혔음에도 아무런 대응을 하지 않은 게 다른 천주들이었다.

천하수로채의 일은 천하수로채가 해결하라는 듯이 말이다.

오히려 그는 이 자리가 만들어진 게 의아했다.

"다들 불만이 많은 모양이에요."

"왜 우릴 불렀지?"

"이렇게 다 모인 적이 너무 오래된 것 같아서요."

면사를 하고 있는 여인이 그리 말하며 원탁에 앉아 있는 천주들을 한 명씩 쳐다봤다.

그러나 그녀와 시선을 마주하는 이는 거의 없었다.

대부분이 자신의 앞에 놓인 차만 홀짝였다.

"단순히 그런 이유라면 실망인데, 하오문주."

"피해는 우리도 만만치 않아요, 총채주님."

"그래서 서로 얼마나 피해 입었는지 까 보자는 건가?"

천하수로채의 총채주가 이죽거렸다.

하지만 그의 비아냥거림에도 하오문주는 당황하지 않았다.

"그럴 리가요. 여기 계신 분들이 얼마나 바쁘신 분들인지 잘 아는데요. 다만 저는 이제는 본격적으로 힘을 합쳐야 하지 않을까 싶어서요."

"본격적으로?"

"예. 지금까지는 각자가 알아서 싸웠던 게 사실이니까요."

그녀의 말에 공공문주는 물론이고 총표파자도 관심을 보였다.

거기에 흑점주도 묘한 눈으로 하오문주를 바라봤다.

"지금도 충분히 협력하고 있다고 생각하는데. 이 이상을 원하는 건가?"

조용히 있던 벽력문주가 입을 열었다.

벽력문의 핵심이라 할 수 있는 진천뢰를 그는 수백 개나 뿌린 상태였다.

그런데도 아직 모자라다고 말하자 벽력문주가 실소를 흘렸다.

"벽력문의 지원에 대해서는 늘 감사하고 있어요. 정말 쉽지 않은 결정을 해 주셨으니까요. 철기방 역시 마찬가지고요."

후르릅.

하오문주의 시선이 실내임에도 완전무장을 하고 있는 철기방주에게로 향했다.

노년의 나이임에도 터질 듯한 근육을 유지하고 있는 그는 얼굴만 노인이었다.

"우리는 약속한 것을 이행했을 뿐."

"그렇죠. 근데 그게 쉬운 일이 아니니까요."

현재 번천회의 모든 무기는 철기방에서 나온다고 해도 과언이 아니었다.

인원이 기하급수적으로 늘어나면서 어쩔 수 없이 외부에서 구입하기도 했지만 최소 팔 할 이상은 철기방에서 만들어지고 있었다.

여기 있는 십천의 무기는 전부 다 철기방에서 생산된 것이었고.

"희생한 척하기는. 진짜배기는 꺼내지도 않았으면서."

"비전까지 내놓으라고? 그럼 넌 진신절학을 내놓을 수 있나? 대의를 위해서?"

"크흠!"

빈정거렸던 총표파자가 헛기침을 했다.

당연히 진신절학을 공개할 생각이 없어서였다.

그리고 누구도 그의 편을 들어주지 않았다.

"희생한 것으로 따지자면 우리도 만만치 않다고 생각하는데. 폭정단과 폭혈단은 땅 파면 나오는 줄 아나? 그거 만드는 데 걸린 시간만 백 년이다. 정확하게는 백십삼 년이 걸렸어."

"본 문은 귀단문에 대해서도 늘 감사하고 있어요. 한 가지 덧붙이자면 본 문은 귀단문에 가장 많은 금액을 지원했어요."

"그다음이 우리지."

하오문주의 말이 끝나기 무섭게 흑점주가 입을 열었다.

그가 알기로 흑점이 두 번째이긴 하지만 금액적으로 큰 차이는 없어서였다.

"난 불만 없다."

"……."

일독문주가 슬그머니 입을 열었다.

그리고 그 옆에 앉아 있던 왜소한 체구의 중년인도 긍정하듯 고개를 끄덕였다.

둘 다 하오문에게 받은 지원이 적지 않아서였다.

"그래서 어떻게 하자는 거야? 운만 떼지 말고 본론을 말해."

시끄러워지는 분위기에 잠자코 있던 천하수로채의 총채주가 입을 열었다.

그러자 모두의 시선이 하오문주에게 집중되었다.

"이대로 당하고만 있을 수는 없잖아요?"

"묘수가 있나?"

"그런 건 아니고, 다들 조금 흥분하신 것 같아서요. 냉정하게 말해 이탈이 많은 건 사실이에요. 하지만 모두 알다시피 이탈자들 대부분은 낭인이거나 일반 양민 들이죠. 우리가 살인병기로 키우려고 했던 아이들의 부모들. 숫자는 많으나 전력적으로 큰 비중을 차지하는 이들은 아니에요."

하오문주가 차분히 말하며 십천주들과 눈을 마주했다.

예상치 못한 반격인 건 사실이지만 냉정하게 말해 피해는 없었다.

그저 합류했던 이들이 빠진 것뿐이었다.

물론 비밀리에 준비했던 양성소가 파괴된 건 분명히 손해였으나 그렇다고 큰 피해인 건 절대 아니었다.

"그래서?"

"크게 걱정하거나 우려할 만한 상황이 아니라는 거죠. 규모가 축소되긴 했지만 전력적으로 큰 손실이 생긴 건 아니니까요. 대신 알려 줄 필요성은 있겠죠. 우리가 여전히 막강하다는 사실을요. 게다가 귀단문과 녹림, 천하수로채, 공공문은 갚아야 할 빚이 있는 것으로 알고 있는데요?"

의미심장한 눈빛으로 하오문주가 네 명의 천주들을 번갈아 쳐다봤다.

그 시선에 총표파자가 얼굴을 사정없이 일그러뜨렸다.

하오문주가 무슨 말을 하는 건지 단박에 알아차린 것이었다.

"또 등을 떠밀기만 하는군."

반면에 공공문주는 코웃음을 치며 빈정거렸다.

말은 그럴싸하자만 결국은 그와 녹림십팔채, 천하수로채가 나서라는 뜻과 다름없어서였다.

"그럴 리가요. 저는 그렇게 염치없지 않아요. 십천의 협력을 위해 최선의 노력을 다하고 있고요."

"말은 늘 그렇게 하지."

공공문주가 고개를 돌렸다.

순순히 하오문주의 말을 믿지 않았던 것이다.

그런데 몇몇은 그녀의 말을 조용히 곱씹고 있었다.

"기세를 한 차례 꺾을 필요는 있지. 사기는 전쟁에서 정말 중요한 요소이니까."

"흐음."

총표파자와 천하수로채의 총채주가 시선을 교환했다.

둘 다 같은 생각을 한 모양인지 표정이 비슷했다.

"무엇을 지원해 줄 수 있지?"

"현재 억류되어 있는 사형제분들의 위치를 파악했어요. 하지만 본 문의 능력으로 구출까지는 힘들어요."

"그렇겠지."

공공문주가 살짝 누그러진 어조로 대답했다.

다른 곳도 아니고 정도무림에서 손꼽히는 명문세가와 대문파였다.

잠입과 도주에는 도가 튼 사제들이 괜히 붙잡힌 게 아니었다.

다들 자신했지만 명문이라는 이름을 가지고 있는 곳들의 힘은 대단했다.

"하지만 주변을 흔들 정도의 역량은 있어요."

"그 틈에 구해라?"

"예. 모두 명성이 대단한 곳들이지만, 문주님도 아시잖아요? 핵심이라 할 수 있는 최정예가 중원수호맹 총단에 모여 있다는 사실을. 지금 남아 있는 전력이라면 충분히 흔들 수 있어요. 대신 한 번에 모두를 구하는 건 불가능해요. 전설의 축지법을 펼칠 수 있는 게 아니라면."

"으음!"

공공문주가 침음을 흘렸다.

그녀가 무엇을 말하고 있는지 잘 알아서였다.

은신, 침투에 한해서는 천하제일이라 자부하지만 그도 사람이었다.

한순간에 성을 뛰어넘는 능력은 없었다.

"우선순위를 정하셔야 해요."

"……그렇겠지."

공공문주는 당황하지 않았다.

자신의 역량에 대해 알고 있기에 하오문주의 말을 충분히 이해했다.

그러나 안다고 해서 결정이 쉬이 나는 건 아니었다.

"아직 시간이 좀 있으니까 고민해 보세요. 결정하시면, 언제라도 말씀해 주시고요."

"……그러지."

한숨과 함께 공공문주가 대답했다.

깊은 고뇌가 한숨에 담겨 있었으나 하오문주는 더 이상 말하지 않았다.

대신 속을 알 수 없는 눈으로 각자의 생각에 잠긴 십천주들을 조용히 지켜봤다.

드르륵.

"왔는가."

문이 열리며 남궁수가 안으로 들어왔다.

그러나 제갈민은 당황하지 않았다.

방문하겠다고 미리 인편을 통해 연락을 했기에 제갈민은
웃으며 자리에서 일어났다.

"어째 제갈세가와 다를 게 없네."

남궁수가 실내를 두리번거렸다.

분명 제갈세가의 가주전도 아닌데 이상하게 같은 장소에
와 있는 느낌이었다.

책상이며 책장, 의자의 위치가 놀랍도록 제갈세가 가주전
과 흡사했다.

"아무래도 심적으로 편한 게 가장 좋으니까 말일세."

"이 정도면 병이야, 병."

남궁수가 혀를 차며 자리에 앉았다.

하지만 이러는 게 한두 번이 아니었기에 제갈민은 그저 웃
었다.

어렸을 적부터 친구였던지라 이런 말은 익숙했다.

"병일지도 모르지."

"순순히 인정하는 게 더 이상해."

"약간의 강박증이라고 생각하라 그랬잖아."

"문제는 약간이 아닌 것 같아서 그렇지. 넌 젊었을 적에도
이랬잖아."

"허허허."

제갈민은 그저 빙그레 웃었다.

할 말이 딱히 없어서였다.

궁색하게 변명을 하느니 제갈민은 웃음을 선택했다.

"성이가 이런 건 안 닮아야 할 텐데."

"피가 어디 가겠는가."

"뿌듯해하지 마."

"그보다 어쩐 일인가? 한창 바쁠 때인데."

"바쁜데 왜 찾아왔냐는 말이지?"

남궁수의 눈빛이 뾰족해졌다.

그러나 날카로운 친우의 눈빛에도 제갈민은 여유롭게 웃었다.

"바쁜 건 사실이지만 그렇다고 친구와 담소를 나눌 시간이 없는 건 아니라네. 근래 호재도 있었고."

"정말 생각지도 못한 방법이었지. 찾은 개방도 놀랍지만 실행한 그 녀석도 신기해. 어떻게 그런 생각을 했지?"

"젊은 사람들이지 않나. 기발한 생각이 톡톡 터져도 이상하지 않지."

"두 녀석 다 젊다고 하기에는 나이가 어리진 않지."

남궁수가 애매하게 고개를 저었다.

젊다고 하기에는 나이가 좀 있고, 나이가 많다고 하기에는 또 젊은 나이가 서른하나라는 생각이 들어서였다.

묘하게 경계에 걸쳐져 있는 듯하다고 해야 할까.

물론 이건 그의 나이가 적지 않아서일 수도 있었다.

"이팔청춘의 시기는 지났지만, 아직은 젊은이들이지. 둘 다 장가도 안 갔고."

"정확하게는 한 놈은 못 가는 거고, 한 녀석은 안 가고 있는 거지."

"유 공자 때문에 찾아왔구먼?"

제갈민이 충분히 우러나온 차를 남궁수에게 따라 주었다.

공력으로 데워도 되었지만 제갈민은 그러지 않았다.

차는 우려내는 사람의 정성에 따라 맛이 달라진다고 생각했기에 그는 정석에 충실히 따랐다.

"흠흠! 꼭 그런 이유 때문만은 아니고."

정곡을 찔렸는지 남궁수가 헛기침을 하며 찻잔을 들었다.

누가 봐도 당황한 눈빛을 하고서 말이다.

나름 표정을 관리한다고 했지만 얼굴을 본 지 수십 년이었다.

눈빛의 미세한 변화만 봐도 제갈민은 남궁수의 속마음을 엿볼 수 있었다.

"다른 이유는 뭔데?"

"매일같이 밤을 새운다는 말을 들어서. 이제 나이도 적지 않은데 무리하면 안 되니까."

"날 걱정해서? 정말로?"

제갈민이 남궁수를 직시하며 반문했다.

그러자 남궁수가 슬그머니 시선을 피했다.

"거참. 친구가 친구를 걱정하는 게 뭐 이상하다고."

"안 하던 짓을 하니까 그러지 않은가. 그러니 그냥 속 시원하게 말하게나. 알아서 잘 걸러 들을 터이니."

"내가 말을 이상하게 하는 것처럼 말하네."

"아닌가?"

"아니지."

남궁수는 단호하게 대답했다.

눈앞에 있는 제갈민처럼 달변가는 아니지만 그도 말을 못 하는 건 아니었다.

너무 직설적이라서 그렇지.

"그렇다고 해 두자고."

"묘하게 기분이 나쁜데."

"원하는 대로 해 줘도 뭐라고 하는구면."

"끄응!"

말로는 싸움이 되지 않는 상황에 남궁수가 앓는 소리를 냈다.

진즉부터 알고는 있었지만 정말 당할 때마다 살짝 분했다.

워낙에 많이 졌기에 한 번쯤은 이기고 싶은 기분이라고나 할까.

"무공은 자네가 나보다 훨씬 뛰어나지 않나. 하나 정도는 양보해 주게나."

"그렇게 말하면 내가 뭐라 할 수가 없잖아."

"그걸 노리고 말한 거네."

"에잉!"

"그래도 예전에 비하면 많이 나아졌구먼. 옛날에는 며칠 동안 말도 하지 않았었는데."

제갈민의 눈동자가 아련해졌다.

이제는 살날이 살아온 날보다 적어지고 있어서 그런지 문득문득 옛날 생각이 났다.

그것도 이상하게 힘들었을 때가 말이다.

돌이켜 보면 그것도 추억이었다.

"언제적 얘기를 꺼내는 거야?"

"말을 자꾸 빙빙 돌리기에 준비할 시간이 필요한 것 같아서."

"눈치는 빨라서."

"내 능력 중 하나라네. 허허허."

능구렁이처럼 웃지만 밉지가 않았다.

적어도 그 앞에서는 속이거나 감추는 게 없어서였다.

그건 남궁수 역시 마찬가지였고.

"령령이가 하성이를 마음에 두고 있다던데?"

"소식 참 빠르군. 남궁세가까지 알려졌을 줄은 몰랐는데."

武當霸王
무당
패왕

"자네 생각이 궁금해서 말이야."

"유 공자를 어떻게 생각하냐는 것이지?"

"그래."

남궁수의 표정이 진지해졌다.

사실 유하성을 먼저 만난 건 그였다.

정확하게는 어쩌다 보니 알게 된 것이지만.

어쨌든 중요한 건 그 역시 유하성을 딸의 짝으로 염두에 두고 있었다는 것이었다.

"나로서는 당연히 좋지 않겠나. 무당파의 속가제자인 데 다가 무위 역시 대단하고. 거기다 연달아 전공까지 세운 인물인데 마다할 이유가 없지."

"……역시 그런가."

남궁수가 씁쓸한 표정을 지었다.

생각하면 생각할수록 아쉬워서였다.

제갈민보다 그가 먼저 유하성을 발견했는데 정작 실속은 전혀 없었다.

'역시 본가에서 용봉회가 열렸을 때 어떻게든 확실하게 인연을 만들었어야 했어.'

후회가 가득 담긴 깊은 한숨이 흘러나왔다.

그러나 후회는 아무리 빨라도 늦은 법이었다.

"자네가 유 공자를 점찍었다는 사실은 나도 알고 있네."

"그런데도 냉큼 가로채려 했단 말이지?"

"가로챈다니. 말은 바로 해야지. 나는 움직인 적 없네. 령령이가 선택했고, 난 뒤늦게 알게 되었을 뿐. 그리고 자네나 내가 나선다고 해결될 일인가? 선택은 유 공자가 하는 거지."

제49장 도전자?

제갈민이 조곤조곤하게 할 말을 다 했다.

말이라는 게 어 다르고 아 다른 만큼 확실하게 말해 두는 게 좋았다.

오해는 애매한 대화에서 나오는 법이었기에 제갈민은 확실하게 선을 그었다.

"끄응!"

"나나 자네나 유 공자의 선택을 지켜볼 수밖에 없어. 강압적으로 한다고 유 공자가 받아들이겠나?"

"아니지. 오히려 들이박을걸. 그 녀석 성격상."

전형적인 외유내강이 유하성이었다.

겉으로는 유해 보이지만 누구보다 강단이 있었다.

직접 겨루어 보았기에 남궁수는 그 사실을 잘 알았다.

그래서 적극적으로 나서지 않는 것이기도 했고.

"모든 건 순리에 맡기는 게 가장 좋네."

"놓치고서도 그런 말을 하는지 지켜보겠어."

"글쎄."

제갈민이 의미심장하게 웃었다.

속을 알 수 없는 미소에 남궁수가 못마땅한 표정을 지었다.

왠지 모르게 저 웃음에 자신감이 차 있는 것 같아서였다.

"후딱 낚아챘어야 했는데……."

"불가능했을 걸세. 유 공자의 성격과 지금까지의 행실을 보면 여자에 딱히 연연하는 성격도 아니고."

"차라리 그랬으면 좋으련만. 여느 남자들과 같았다면 지금쯤 희수와 같이 살고 있을 텐데."

"딸이 무림삼화라고 너무 호언장담하는 거 같은데. 여자는 외모가 전부가 아닐세."

당연하다는 듯이 말하는 남궁수를 향해 제갈민이 단호하게 말했다.

냉정하게 말해 미색은 남궁희수가 뛰어났다.

그러나 남녀 사이에 외모가 큰 부분을 차지하는 건 사실이지만 절대적이진 않았다.

남자도 그렇고 여자도 그렇고 중요한 건 매력의 유무였다.

"령령이가 못났다는 게 아니라 객관적으로 봤을 때 희수를 좋아하는 아이들이 많은 게 사실이니까."

"그렇긴 하지. 그럼 그중에 짝을 고르면 되겠구면."

"없어. 하성이에 견줄 만한 아이가 있다면 애초에 이렇게 내가 고민하지 않겠지."

남궁수가 입맛을 다셨다.

말하는 걸 듣자 하니 제갈민이 쉽게 포기할 것 같지 않았다.

물론 가문의 명성을 비롯해서 이런저런 조건들을 생각하면 제갈세가보다는 남궁세가가 우위에 있지만 중요한 건 유하성이 그런 부분들을 크게 생각하지 않는다는 점이었다.

그 본인이 명문대파 출신이기도 했고.

"그래서 나를 견제하러 왔다?"

"견제는 아니고, 의중이 궁금해서 온 거지."

"나야 마다할 이유가 없지 않겠나. 유 공자 정도의 인물을."

"내 아들은 어때?"

"허허허."

제갈민이 헛웃음을 흘렸다.

너무 속이 뻔히 보여서였다.

"그냥 해 본 소리야. 농담이야, 농담."

"당연히 그래야지. 안 그랬으면 나도 성이를 말할 뻔했어.”

“어후.”

똑같이 받아치려 했다는 말에 남궁수가 고개를 절레절레 저었다.

역시 말로는 이길 수가 없었다.

동시에 제갈민의 의지도 다시 한번 느낄 수 있었다.

“근데 너무 나만 견제하는 거 아닌가?”

“응?”

“자네하고 나만 유 공자를 노릴 거 같나? 우리야 체면 때문에 이리저리 재는 게 많지만, 군소방파나 중소세가들은 어떨까?”

“으음!”

남궁수의 눈썹이 꿈틀거렸다.

이 문제는 생각지도 못해서였다.

강적만 신경 썼지 다른 것은 생각하지 못했다.

“희수의 미모에 흔들리지 않는다는 건 내가 보기에 두 가지야. 여자의 외모를 신경 쓰지 않거나, 아주 독특한 취향이 있거나. 그리고 전자의 경우 열 여자 마다하지 않을 가능성이 크지. 그런 애들 있지 않은가. 오는 여자 막지 않고, 가는 여자 잡지 않는.”

“많지.”

제갈민의 말에 남궁수는 느끼는 게 많았다.

제갈세가만 견제해서는 손해라는 생각이 들었던 것이다.

물론 가장 강력한 경쟁자이긴 하나 지금은 이게 중요한 게 아니었다.

"내게 들려오는 소문만 하더라도 상당해. 유 공자는 실력뿐만 아니라 배경도 훌륭하지 않나. 말 그대로 일등 신랑감이지."

"너무 태연한 거 아냐?"

"딸아이를 믿는다고 해 두지. 허허허."

"마음에 안 들어."

여유로운 제갈민의 모습에 남궁수가 코를 찡긋거렸다.

그와는 너무 다른 것 같아서였다.

그리고 이건 달리 말하면 그가 남궁희수를 못 믿는다는 뜻이기도 했다.

"최종결정권은 유 공자에게 있지 않나. 너무 초조해하지 말게. 될 인연은 알아서 되고, 안 될 인연은 어떻게 해도 안 된다는 걸 알지 않나. 젊은 사람들 일은 젊은 사람들이 알아서 하게 놔두는 게 가장 좋네."

"그러다가 놓치고 후회하는 거야."

"안 되면, 어쩔 수 없지."

"두고 보겠어."

남궁수가 자리에서 일어났다.

이대로 태평하게 앉아 있을 수는 없어서였다.

전쟁만 정보가 중요한 게 아니기에 남궁수는 대충 인사하고는 제갈민의 집무실을 나섰다.

"제대로 빠졌군."

부리나케 떠나는 친우의 모습에 제갈민이 피식 웃었다.

저런 모습은 정말 오랜만에 보는 것 같아서였다.

하지만 한편으로는 충분히 이해가 갔다.

딸을 사랑하기에 누구보다 좋은 짝을 맺어 주고 싶은 것일 터다.

"나 역시 마찬가지고."

남궁수만큼은 아니지만 그 역시 제갈령령을 응원했다.

그도 남궁수와 같은 마음이었으니까.

다만 남궁수처럼 티를 내지 않았을 뿐.

걸음을 옮기던 유하성이 미간을 좁혔다.

왠지 모르게 주위 사람들이 자신을 힐끔힐끔 쳐다보는 것 같아서였다.

정확하게는 여인들의 시선이 말이다.

눈총처럼 따끔하게 느껴지는 시선에 고개를 돌리면 다들 똑같이 고개를 돌렸다.

"흐음."

처음 총단에 왔을 때도 시선은 많이 받았다.

아무래도 무명이 높아질수록 알아보는 이들도 많아져서였다.

특히 이춘상은 얼굴이 이름이었기에 못 알아볼 수가 없었다.

세상에 거지는 많았지만 엄청나게 잘생긴 거지는 이춘상뿐이었다.

저벅저벅.

그런데 지금은 이춘상 없이 혼자 걸어가고 있었는데도 예전보다 더한 시선이 쏟아졌다.

정작 말을 걸거나 인사하는 이는 하나도 없고 말이다.

그게 참 이상하다고 생각하며 유하성은 명천의 거처로 들어갔다.

똑똑똑.

"접……."

"들어와."

말이 채 끝나기도 전에 문 너머에서 들려오는 명천의 목소리에 유하성이 실소를 흘리며 문을 열었다.

그러자 고상하게 차를 홀짝이고 있는 명천의 모습이 눈에 들어왔다.

"너무 빨리 말씀하시는 거 아닙니까?"

"기감으로 다 아는데 뭐 어때."

"몸은 괜찮으십니까?"

"긁힌 상처였다니까."

느릿하게 차를 홀짝이던 명천이 눈썹을 꿈틀거렸다.

오래전 일을 너무 우려먹는 것 같아서였다.

"내상도 있으셨잖습니까."

"그 정도 내상은 내상도 아니다."

"흐음."

유하성은 동조해 주지 않았다.

그때 그가 보기로 내상이 심하지는 않았지만 그렇다고 무시할 정도의 상태도 아니어서였다.

"뭐냐, 그 눈빛은?"

"원하시는 대답이 있으시다면, 그리해 드리겠습니다."

"에잉! 됐다!"

명천이 투덜거렸다.

엎드려 절받는 것도 아니고 이런 식의 동조는 그도 바라지 않았다.

"저도 차 한잔 주시죠."

"늦었지만, 고생했다."

"고생은요."

"애쓴 건 사실이니까. 너로 인해 번천회의 숫자가 확 줄었어. 세 배 가까이 차이 났었는데 지금은 비슷한 수준이야. 하지만 중요한 건 그게 아니지. 불필요한 피를 보지 않게 만들었다는 게 가장 중요해. 우리도 그렇고, 이탈한 사람들도 그렇고."

명천이 정말 다행이라고 생각한 게 바로 이 점이었다.

번천회에 합류했지만 폭혈단을 먹은 이들은 대부분 무림인이라고도 하기 힘들 정도의 하류무사들이거나 농사를 짓던 촌부와 촌로 들이었다.

아무리 공격해 온다지만 그런 이들에게 칼을 휘두르는 건 아무리 무림인이라고 해도 쉽지 않았다.

그런데 그들을 유하성이 깔끔히 정리한 것이다.

"보지 말아야 할 피는 최대한 줄이는 게 좋으니까요. 그리고 현실을 알려 주고 싶었고요."

"아주 냉혹하고 가슴 아픈 현실이지. 어쩌면 그들도 알고 있었을 거야. 하지만 한 가닥 기대를 놓지 못하고 번천회에 합류한 것일 테지."

명천의 목소리에 씁쓸함이 가득했다.

어떤 마음으로 번천회에 가담했을지 너무나 잘 알아서였다.

번천회가 영악하게 머리를 잘 쓰기도 했고.

하지만 유하성의 활약 덕분에 다행히 최악으로 치달아 가기 전에 해결할 수 있었다.

"이용당하고 싶어 하는 사람은 없으니까요. 사실 많은 이들이 꾸는 꿈은 그리 거창하지 않기도 하고요."

"맞아. 배부르고 등 따시고, 가족들 아프지 않게 살면 그게 바로 행복이지. 근데 그 기본적인 것들이 잘 안 되어서 그렇지."

"이번 일로 무문들과 무가들이 느끼는 바가 많았으면 좋겠습니다."

"쉽게 바뀌진 않을 거야."

명천이 입맛을 다셨다.

한때 무당파의 장문인이었기에 명천은 장담할 수 있었다.

이번에 큰 위기를 겪었음에도 바뀌는 이는 얼마 없을 거라고 말이다.

그러나 모두가 합심해서 노력한다면 조금씩은 바뀔 것이었다.

'일단 하성이가 있으니까.'

씁쓸한 마음을 털어 내며 명천이 대견한 눈빛으로 유하성을 바라봤다.

동정귀옹을 비롯해서 연달아 번천회에 제대로 한 방 먹인 게 유하성이었다.

특히 동정귀옹을 사로잡은 건 그도 놀랐다.

유하성이 강한 건 알았지만 이렇게 쉽게 동정귀옹을 생포할 줄은 몰랐다.

'지금 이 순간에도 계속 성장하고 있다는 거지.'

무인의 성장은 결코 시간과 노력에 비례하지 않았다.

다른 분야와 똑같이 초반에는 급격하게 발전하지만 높은 수준에 이를수록 정체되거나 아주 점진적으로 성장했다.

그렇기에 명천도 일이 년이 아닌 오 년, 십 년을 생각했던 것이고.

한데 그의 예상과 달리 유하성은 여전히 빠르게 성장하는 듯했다.

"다른 수용소는 어떻게 되었습니까?"

"세 곳을 더 발견했는데, 한 곳은 이미 늦었다고 하더구나."

"으음!"

유하성이 침음을 흘렸다.

늦었다는 의미가 어떤 건지 너무나 잘 알아서였다.

명천 역시 같은 마음인지 목소리가 무거웠다.

"그래도 두 곳은 아직 안 늦었다고 하니 총단으로 데려와 치료를 할 생각이다. 부모들도 찾아 줄 생각이고. 개방은 물론이고 다른 문파들과 세가들도 힘을 보태기로 했다. 싸우는 것보다는 이게 훨씬 나으니까."

"총 다섯 군데군요."

"더 있을 듯한데 이동한 모양인지 더는 찾아내지 못했다고 하더구나. 아무래도 호남성을 비롯해서 아래 있는 귀주성, 광서성, 광동성에서는 우리가 마음대로 활보하기가 어려운 상황이니까. 다섯 곳을 찾은 것도 대단한 거지. 다만 문제는 부모가 없는 아이들이다. 치료야 당연히 해 줄 수 있지만 모두를 책임져 줄 수는 없으니까."

지금 이 순간에도 번천회에서 이탈한 낭인들과 양민들이 중원수호맹을 찾아오고 있었다.

혹시나 자신의 자식이 여기 있지는 않을까 싶어서였다.

하지만 그들 중에 자신의 아들, 혹은 딸을 찾는 이는 반 정도뿐이었다.

그리고 그 말은 아직 찾아내지 못한 수용소가 더 있다는 뜻이었다.

"안 그래도 그 부분에 대해서 사백님께 드릴 말씀이 있습니다."

"나에게?"

"예."

명천의 두 눈이 살짝 커졌다.

자신에게 무슨 할 말이 있나 싶어서였다.

"뭔데?"

"정확하게는 현승이의 의견입니다."

"현승이라. 더더욱 궁금해지는데?"

"부모와 만나지 못한 아이들을 현승이가 거두고 싶답니다. 물론 강제적인 건 아니고, 의향이 있는 아이들만요."

"호오?"

명천이 두 눈을 껌뻑거렸다.

생각지도 못한 말에 잠시 당황하기는 했으나 그는 이내 백현승의 계획을 알아차렸다.

그래서 명천은 눈을 빛냈다.

"저는 괜찮은 방법이라고 생각합니다. 현승이에게도, 부모를 잃은 아이들에게도요. 다만 무당산에서 지내게 되면 허락을 받아야 하기에 사백께 먼저 말씀드리는 겁니다. 장문사형에게는 제가 따로 찾아가서 말할 생각입니다. 생각보다 인원이 많으면 균현에 장원을 구할 계획입니다."

"서로 상부상조로구나. 나쁘지 않아. 아니, 오히려 아주 좋아. 처음부터 같이 성장하고 시작하는 거니까. 똑똑한데?"

명천이 헛웃음을 흘렸다.

영리하단 건 알았지만 이런 걸 생각해 낼 줄은 몰라서였다.

인원이 한두 명이 아닌 만큼 한두 푼이 들어가는 일이 아니지만 중요한 건 믿을 수 있는 이들을 얻는다는 점이었다.

돈은 언제라도 벌 수 있지만 신뢰할 수 있는 사람은 돈이 많다고 해서 얻을 수 없었다.

"인생의 목표가 대청표국의 재건이니까요. 그리고 비슷한 처지라고 생각하는 모양입니다."

"그럴 수도 있겠군."

명천은 고개를 주억거렸다.

엄밀히 말하면 약간의 차이가 있지만 공통점은 번천회가

적이라는 것이었다.

번천회로 인해 가족을 잃었기에 백현승이 동질감을 느끼는 것도 이상하지는 않았다.

"저도 좋은 생각이라고 생각하고요. 현승이가 돈이 없는 것도 아니고. 오히려 냉정하게 말하면 좋은 기회라고 생각합니다."

"재능이 썩 뛰어나지는 않을 텐데?"

명천이 확신하듯 말했다.

직접 보지 않았음에도 명천은 확언할 수 있었다.

대부분의 재능이 그리 뛰어나지는 않을 거라고 말이다.

만약 천부적인 재능이 있었다면 번천회에서 진즉에 추렸을 터였다.

"맞습니다. 하지만 저는 재능이 전부라고 생각하지 않습니다. 현승이 역시 마찬가지고요. 부족한 무공은 여러 가지 방법으로 채우면 됩니다. 그러나 믿을 수 있는 사람은 쉽게 얻을 수 없지요."

"그렇지. 내가 감탄했던 것도 그것이고."

"혼자는 약할지 모릅니다. 하지만 두 명, 네 명, 열 명이 모이면 다릅니다."

"거기다 너도 틈틈이 봐줄 터이니 그 아이로서는 더욱 좋겠지."

"빚이 있으니까요."

유하성이 고개를 주억거렸다.

다른 이도 아니고 백현승과 관계된 일인 만큼 유하성은 나 몰라라 할 생각이 없었다.

대청표국이 무너졌다는 소식을 들었을 때부터 도움을 주 겠다고 다짐하기도 했고.

"그렇게 따지면 나도 빚이 있지."

"허락해 주시는 겁니까?"

"무당산은 넓으니까. 그리고 명색이 명문대파인데 전부도 아니고 일부 정도야 가능하지. 얼마나 모일지는 모른다만 예 상보다 인원이 많다면 근처에 숙소를 지어도 되고."

"감사합니다."

"무율이도 안 된다고 하지는 않을 게다. 좋은 일이기도 하 고."

무당파의 제자로 받아 달라고 하면 그건 좀 고민해 봐야겠 지만 단순히 머물 장소를 내주는 것 정도는 괜찮았다.

그가 보기에 괜찮은 근골을 가진 아이가 있다면 이대제자 로 받아들일 의향도 있었고.

아니, 유하성이 고른 아이가 있다면 무조건 무당파의 제자 로 들일 생각이었다.

"그랬으면 좋겠습니다."

"너무 걱정하지 말고. 우리 그렇게 인색하고 쪼잔한 문파 아니다. 너도 잘 알잖아."

"그래도 신경 쓸 게 한두 가지가 아니니까요."

"다른 곳도 아니고 대청표국을 위한 일인데. 만약에 무율이 반대하면 내가 균현이나 무당산 인근에 어떻게든 장소를 구해 주마. 나 그 정도 능력은 있는 사람이야!"

명천이 오랜만에 어깨를 으쓱거렸다.

이제는 장문인도 아니고 나이도 많았지만 그래도 그의 이름과 명성은 여전했다.

살아오면서 쌓아 온 인맥을 이용하면 아이들이 머물 장소 하나 마련하는 건 일도 아니었다.

"그리 말씀해 주셔서 감사합니다."

"너도 재산은 적지 않게 있잖아? 나는 알고 있다."

"맞습니다. 나중에는 하산해야 할지도 모르니까요."

"언젠가는 너도 가정을 꾸려야지. 진산제자도 아닌데 홀몸으로 늙으면 쓰나. 여자가 없는 것도 아니고. 오는 길에 엄청 시끄럽더만. 내 귀가 간질거리더라."

명천이 은근한 어조로 말했다.

그러나 유하성은 알았다.

절대 우연히 들은 게 아니라 귀를 기울였음을 말이다.

다른 사숙들은 몰라도 명천은 충분히 그러고도 남았다.

"근래 들어 눈총이 많이 느껴지긴 하더라고요."

"눈총만? 저거 보이지?"

명천이 눈짓으로 한쪽 책상에 한가득 쌓여 있는 서신들을 가리켰다.

전부 다 봉투에 곱게 담겨 있었는데 내용을 보지 않았는데도 유하성은 이상하게 자연스럽게 유추가 되었다.

저 모습은 그의 방에서도 볼 수 있어서였다.

"사백께도 보내는 겁니까?"

"내가 이래 봬도 사문의 어른이지 않더냐. 너하고도 각별한 사이고. 그러니 돌려서 찔러보는 거지. 너한테 서찰을 보내면 답장이 없다던데."

"다 읽어 보셨습니까?"

"흠흠! 보낸 사람의 정성도 있으니 당연히 읽어 봐야 하지 않겠느냐. 중요한 내용이 있을 수도 있고."

민망한 모양인지 명천의 볼이 살짝 붉어졌다.

그런데 표정과 달리 눈빛은 은근히 즐기는 기색이었다.

"번거롭게 해서 죄송합니다."

"전혀. 괜찮다. 이런 유의 관심은 생소하기도 해서 재밌었다. 아, 그렇다고 너에게 이래라저래라할 생각은 없다. 결정은 네가 하는 거니까. 네 결혼 상대인데 내가 이래라저래라할 수는 없지. 근데 궁금하긴 하더구나. 누구에게 마음이 있는지."

명천이 은근슬쩍 물었다.

자연스럽게 유하성의 마음을 떠보았던 것이다.

"아직은 생각하지 않고 있습니다. 우선은 번천회부터 해결해야 한다고 생각해서요. 현재 전쟁 중이지 않습니까."

"전쟁 속에서도 사랑은 꽃을 피우는 법이지. 후후후!"

"제가 어찌 될지 모르기도 하고요."

"어허! 좋은 생각만 하고 살기에도 모자랄 판에 그런 생각이라니!"

명천이 순간 노한 표정을 지었다.

말도 안 되는 생각을 유하성이 하고 있어서였다.

더욱이 말이 씨가 될 수도 있었기에 명천은 그 어느 때보다 엄한 표정으로 단호하게 말했다.

"가능성은 모두에게 있으니까요. 변수가 많기도 하고. 물론 죽을 생각은 아직 없습니다. 사부님의 바람을 이루어 드려야 하니까요."

"다시는 그런 생각 하지 마라. 무슨 일이 있어도 그런 일은 벌어지지 않으니까."

"그럴 수도 있다고 생각해서 말씀드린 겁니다. 괜히 마음을 주었다가 책임지지 못할 일이 생길 수도 있으니까요."

"그 말은 마음에 드는 아이가 있다는 뜻이렷다? 혹시 제갈세가의 여식이더냐? 응?"

명천이 단숨에 표정을 바꾸고서 물었다.

다른 이들도 궁금해하고 있지만 가장 궁금한 건 역시 그였다.

"말씀드렸다시피 현재는 생각하지 않고 있습니다."

"그럼 얼른 전쟁을 끝내야겠구나. 그래야 너도 마음의 결정을 내릴 테니."

"대화가 이상하게 흘러가는 것 같습니다만."

"난 네 자식이면 다 좋다. 아들도 좋고, 딸도 좋고. 많이 낳으면 더 좋고."

무슨 상상을 하는 건지 명천이 음흉한 표정을 지었다.

그러면서 혼자 키득거리는 모습에 유하성은 헛웃음이 나왔다.

앞서가도 너무 앞서가는 것 같아서였다.

하지만 명천은 처음부터 지금까지 진심이었다.

⁂

"아빠!"

"경복아! 나, 나를 알아보겠니?"

두 눈을 똑바로 쳐다보며 아들이 달려왔음에도 중년의 낭인은 더듬거리며 물었다.

분명 얼굴에 반가움이 완연했는데도 얼마 전 총단의 정문에서 마주쳤던 기억이 너무나 선명해서 낭인은 다시 한번 물었다.

이게 꿈인지 생시인지 확인하기 위해서.

"당연히 알아보죠! 저번에는 꿈꾸는 것처럼 정신이 몽롱해서 말을 하고 싶어도 말을 할 수가 없었어요."

"지금은 괜찮아? 감각은? 움직이는 건 뜻대로 되니?"

낭인이 눈 한 번 깜빡이지 않고서 아들의 몸 곳곳을 만졌다.

혹시라도 후유증이 있나 확인하는 것이었다.

번천회가 사용한 약에 대해서는 전혀 모르지만 그래도 살아오면서 이것저것 들은 게 있었다.

그렇기에 낭인은 걱정이 가득한 얼굴로 아들을 살폈다.

"다 괜찮아요. 의원님이 완벽하게 다 나았다고 하셨어요. 당분간은 무리하지만 않으면 된대요."

"다행이다. 정말 다행이야."

이어지는 아들의 말에 낭인이 주저앉았다.

그러고는 천지신명께 감사 기도를 했다.

만약 조금이라도 늦게 구출되었다면 아들은 지금과 달리 이지를 상실한 살인병기가 되었을 게 분명했다.

오직 번천회의 명령만 따르는 도구가 말이다.

"크흑흑!"

재회의 기쁨을 나누는 곳은 여기만이 아니었다.

다른 곳에서도 기쁨의 눈물이 줄줄이 터져 나왔다.

완치된 자식의 모습에 다들 안도하고 감사하는 것이었다.

그동안 치료한다는 이유로 아이들이 격리되어 있었기에 걱정이 이만저만이 아니었는데 다행히 완치가 되자 다들 허리를 연신 숙였다.

"부럽다."

"……우리 아빠는 언제 올까?"

"안 올 수도 있어……."

"그러니까."

부모와 상봉한 아이들도 있었지만 그렇지 못한 아이들이 더 많았다.

게다가 문제는 올 거라고 장담할 수 없다는 점이었다.

나이가 어리다고 세상을 모르는 건 아니기에 정신을 차린 아이들은 친구들이 가족을 만난 걸 축하해 주면서도 한편으로는 우울해했다.

만약 마지막까지 누구도 찾아오지 않는다면 어떻게 해야 하나 걱정이 되었던 것이다.

"……계속 이곳에 있을 수는 없겠지?"

"위험하기도 하고."

"그럼 떠나야 한다는 말인데……."

"고향으로 가야 하나? 혼자서는 자신 없는데……."

어두운 표정으로 아이들이 서로를 바라봤다.

곧 부모가 찾아올 거라고, 가족이 찾아올 거라고 생각하기보다는 다들 최악의 상황을 떠올리며 걱정했다.

세상의 냉혹함을 모르지 않기에 다들 마음의 준비를 하는 것이었다.

"언제까지 이곳에 머무를 수 있을까?"

"아무래도 빨리 내보내지 않을까? 우리가 먹는 양만 해도 적지 않은데."

"먹는 양을 줄이면 좀 더 오래 머물게 해 줄라나?"

"글쎄……."

옹기종기 모여 있는 아이들의 동공이 불안하게 흔들렸다.

저기 행복해하는 아이들처럼 부모님이 찾아온다면 너무나 좋겠지만 여기 있는 아이들은 직감하고 있었다.

부모님과 재회할 가능성보다 그러지 못할 가능성이 크다는 사실을 말이다.

"우린, 어떻게 해야 하지?"

"……."

숙소 공터의 한쪽 구석에 쭈그리고 앉아 있던 아이들의 고개가 점점 더 숙여졌다.

어느새 땅바닥만 내려다보고 있었던 것이다.

특히 아무렇게나 버려진 돌멩이가 유독 아프게 시야에 파고들었다.

자신의 처지자 왠지 돌멩이처럼 느껴졌던 것이다.

"얘들아."

"네, 넵!"

그때 익숙한 목소리가 들려왔다.

지옥 같은 수용소에서 그들을 구해 준 두 명 중 한 명인 유

武當霸王
무당
패왕

하성의 목소리였다.

차도를 확인하기 위해 매일같이 찾아왔었기에 아이들은 유하성의 음성이 들리자마자 자리에서 벌떡 일어났다.

"짜식들. 아침부터 기운이 좋네. 역시 어린 게 좋다니까."

그 뒤로 역시나 익숙한 이춘상의 목소리가 들렸다.

오늘도 어김없이 둘이서 같이 이곳을 찾은 것이었다.

그리고 이춘상의 목소리에 아이들의 표정이 한결 가벼워졌다.

유하성이 조금 다가가기 어려운 것과 달리 이춘상은 너무나 편하고 그들과 잘 놀아 줬다.

"아저씨!"

"어허! 내가 말했지? 나 아직 아저씨나 삼촌 소리 들을 나이 아니라고. 내 얼굴을 봐. 이게 아저씨 소리를 들을 얼굴이야?"

이춘상이 짐짓 엄한 표정을 지었다.

본인의 얼굴에 자부심이 있었기에 이춘상은 절대 아저씨라는 호칭을 인정하지 않았다.

"나이 들었어요!"

"나이는 숫자에 불과해."

"그럼 뭐라고 불러야 해요?"

"형님?"

"으에?"

기다렸다는 듯이 나오는 형님이라는 호칭에 아이들이 당혹스러운 표정을 지었다.

대부분이 열 살 안팎이었기에 어이가 없었던 것이다.

사실 아빠뻘이기에 아저씨나 삼촌도 많이 양보한 것이었는데 거기서 더 바라자 아이들은 말문이 막혔다.

"정도껏 해. 애들 놀라잖아."

"이게 이렇게나 놀랄 정도의 문제인가?"

"당연하지. 애들 인생에서는 처음 겪는 황당한 일일 텐데. 이 아이들은 십 년 정도밖에 안 살았어."

"······애기들이긴 하지."

이춘상이 입맛을 다셨다.

새삼 자신의 나이를 체감할 수 있어서였다.

"무슨 생각들을 하고 있길래 표정들이 그래? 세상이 다 무너진 것처럼."

"그게, 그러니까요."

훅 들어오는 유하성의 말에 아이들이 깜짝 놀랐다.

나름 들키지 않으려고 노력했는데 소용없는 짓이었던 것 같아서였다.

하지만 그럼에도 아이들은 마지막까지 표정을 관리했다.

아직 어린 나이이지만 그래도 아이들은 염치가 있었다.

"혹 갈 곳이 없으면 균현에 가는 건 어때?"

"균현이면, 무당산 근처요?"

"응. 너희들과 비슷한 처지인 아이가 하나 있는데, 그 아이가 갈 곳이 없다면 자신과 함께 지내는 건 어떻겠냐고 말을 전해 달래서. 나 역시 이대로 너희들을 내보내고 싶지 않기도 하고."

"어……."

생각지도 못한 제안이었기에 아이들이 두 눈을 껌뻑이며 서로를 쳐다봤다.

그리고 그 뒤로 주변의 다른 아이들이 모여들었다.

유하성의 말을 듣고 하나둘 모여드는 것이었다.

"구해 주고 치료해 주었으니 이제는 알아서 살길 찾아 가라고 말하는 건 너무 인정 없잖아? 그렇다고 무당파의 제자로 받아들이는 건 내 권한 밖이고. 알지 모르겠는데 난 속가 제자거든."

"그렇다고 내가 너희들을 데려갈 수도 없어. 마음 같아서는 다 데려가고 싶지만, 알지? 나 거지인 거. 거지의 삶이라는 게 의외로 썩 행복하지 않거든. 내려놓고 포기해야 하는 게 많아. 특히 혼인은 절대 안 돼. 다들 혼자 살고 싶지는 않지?"

끄덕끄덕!

번개같이 고개를 주억거리는 아이들의 모습에 이춘상이 피식 웃었다.

정말 조금도, 눈곱만큼도 고민하지 않아서였다.

그리고 그건 여자아이들도 마찬가지였다.

"선택지가 아예 없는 건 아니라는 걸 말해 주고 싶었어. 그렇다고 강요하는 건 아냐. 원하지 않는 아이들까지 데려갈 생각은 없어."

"저희가, 저희들이 가도 될까요?"

"폐를 끼치는 건 아닐까요?"

몇몇 아이들이 조심스럽게 물었다.

정말 고맙고 감사한 제안이지만 냉정하게 말해 자신들은 짐밖에는 되지 않았다.

막말로 식충이나 마찬가지였기에 아이들은 고마우면서도 걱정이 되었다.

"당연히 되지. 사문에는 허락을 받았어. 내가 가지고 있는 재산도 꽤 되고. 그리고 너희들을 보고 싶어 하는 아이는 부자야. 정확하게는 강제로 재산을 물려받은 상태지만 그래도 돈이 많은 건 사실이니까. 그러니 일단은 균현에 가서 잠시 미래를 고민하는 건 어떻겠니? 너희도 알다시피 여기는 위험하니까."

"저는 좋아요."

"저도 받아 주신다면 가고 싶어요."

"자잘한 일들은 저희도 할 수 있어요!"

"장작 패기나 뒷간 청소 같은 궂은일도 잘해요!"

아이들의 눈빛이 초롱초롱해졌다.

버림받는 날짜만 기다려야 하는 입장에서 선택지가 하나 더 늘어난 만큼 아이들은 절박했다.

세상의 냉혹함을 너무나 잘 알아서였다.

거기다 유하성과 무당파라면 믿을 수 있었다.

"자기가 할 일은 당연히 스스로 해야지. 그렇다고 과도한 노동 같은 건 시키지 않을 거야."

"감사합니다, 정말 감사합니다!"

"벌써부터 결정을 내리진 말고. 부모님이나 가족들이 오고 있는 중일지도 모르니까. 확실해질 때까지는 충분히 고민해 봐. 이런 선택지도 있으니까."

"네!"

억지로 밝은 표정을 지었던 방금 전과는 확연히 다른 얼굴로 아이들이 우렁차게 대답했다.

그 모습에 이춘상이 흐뭇하게 웃으며 유하성의 옆구리를 팔꿈치로 툭툭 쳤다.

"은근히 상냥하다니까."

"아이들이니까."

"너무 차별하는 거 아니냐?"

"차별 안 하는 게 더 나쁘지 않을까?"

"어후. 입심은 진짜. 넌 거지를 했어도 잘했을 거야."

이춘상이 피식 웃었다.

말발로는 그도 어디 가서 지지 않는데 유하성은 진짜 강했다.

아무 생각 없이 덤볐다가는 그냥 처절하게 발릴 정도로 말이다.

"못했을걸. 넉살이 없어서."

"그건 또 그러네. 아, 그리고 아이들 이동하는 건 걱정하지 마. 먹을 거나 옷을 사 주지는 못하지만 안전은 챙겨 줄 수 있으니까."

"고맙다."

"우리 사이에 고맙기는. 그리고 이건 당연한 거야. 네 말처럼."

"그래도 하는 것과 안 하는 것의 차이는 크니까."

두 사람의 대화를 들었는지 아이들이 다시 한번 허리를 꾸벅 숙였다.

이춘상을 향해 깊게 감사 인사를 했던 것이다.

그런 아이들의 모습에 이춘상은 황급히 손사래를 쳤다.

유하성에게도 말했지만 이렇게 감사를 받을 정도의 일이라고는 절대 생각하지 않아서였다.

"감사합니다!"

"정말 감사합니다, 형님!"

"고마워요, 오빠!"

"어허! 그러지들 마! 이게 뭐 대수라고. 다들 허리 펴!"

평소에는 보기 드문 이춘상의 놀란 표정을 유하성이 웃으

武當霸王
무당
패왕

며 구경했다.

자신더러 상냥하다고 했지만 이춘상도 만만치 않게 아이들을 좋아했다.

어떻게 보면 정신연령이 비슷하기도 했고.

그리고 아이들도 이춘상을 좋아했다.

유하성과 이춘상이 총단에 복귀한 후부터 이곳 연무장을 매일같이 찾아와 수련하던 서문광이 살짝 놀란 표정을 지었다.

생각지도 못한 인물들이 연무장에 있어서였다.

"좋은 아침입니다, 서문 공자."

"아, 안녕하세요!"

서글서글한 눈웃음을 지으며 먼저 인사해 오는 제갈성의 모습에 서문광이 황급히 마주 고개를 숙였다.

나이 차이는 얼마 나지 않았지만 강호에서의 위상은 천지 차이였기에 서문광은 정중하게 허리를 숙였다.

"앞으로 자주 보게 될 텐데 너무 격식을 차리지 않으셨으면 좋겠습니다. 하하."

"그게 말처럼 쉽나? 너나 나처럼 오래 본 사이도 아닌데."

"그런가."

어느새 옆으로 다가온 남궁준이 부담 주지 말라는 듯이 말했다.

제갈성이 친근하게 다가간다고 해서 금방 친해지는 건 불가능해서였다.

그렇다고 자주 보던 사이도 아니었고 말이다.

만약 유하성과 이춘상이라는 연결고리가 없었다면 이렇게 마주 보고 있을 일도 없었다.

"반가워요, 서문 공자. 무당산에서 본 후 처음이죠?"

"그, 그렇습니다."

남궁준의 인사에 서문광이 어색하게 대답했다.

제갈성도 어렵지만 남궁준은 더더욱 어려웠다.

한때 후기지수 중 최고라고 불렸던 이였고, 남궁세가의 후계자였기에 서문광으로서는 작아질 수밖에 없었다.

'지금은 이렇지만, 나중에는 달라질 거야!'

물론 현실을 직시하되 패배감에 허우적거리지는 않았다.

오히려 서문광은 의지를 불태웠다.

지금은 너무나 차이가 나고 두 사람과 비교하면 보잘것없지만 나중에는 달라질 거라고 말이다.

단기간에 따라잡는 건 불가능하겠지만 십 년 후, 이십 년 후에는 가능할 수도 있다고 생각했다.

'누구에게나 가능성은 있으니까.'

재능이 전부가 아님을 서문광은 유하성을 통해 배웠다.

그렇기에 서문광은 놀라고 어려워하기는 하되 저자세로 나가지는 않았다.

"어서 오십시오, 서문 공자. 두 사람 때문에 많이 놀라셨죠?"

"아, 예. 전혀 예상치 못해서요."

"오늘부터 함께 수련하기로 했습니다. 사숙께서도 허락하셨고요."

원일이 다가와서는 설명해 주었다.

서문광의 심정을 다 안다는 표정으로 말이다.

"사실 저도 놀랐습니다. 두 사람이 이렇게 찾아올 줄은 몰랐거든요."

"흠흠!"

원일의 직설적인 말에 남궁준과 제갈성이 동시에 헛기침을 했다.

굳이 말하지 않아도 되는 걸 말해서였다.

그러면서 둘은 서로를 힐끔거렸다.

말은 하지 않았지만 둘 다 서로가 왜 여길 왔는지에 대해서 잘 알고 있었다.

'쉽게 포기하지 않겠다는 건가.'

'역시 제갈세가라고 해야 하나.'

두 사람은 부친들처럼 오랜 친구 사이였으나 그렇다고 해서 양보할 생각은 전혀 없었다.

친구 사이라고 해서 경쟁이 없는 건 아니었으니까.

게다가 각자 부친에게 지시받은 것이 있기에 더더욱 양보할 수가 없었다.

"다들 일찍 나왔구려?"

"좋은 아침입니다, 이 소협."

"안녕하십니까."

건물 안에서 이춘상이 특유의 건들거리는 걸음걸이로 나왔다.

하품을 늘어지게 하면서 말이다.

요즘에 개방이 바쁜 만큼 이춘상 역시 업무가 많은 모양인지 눈 밑이 검었다.

"보시다시피 저는 안녕하지 못합니다."

"하하하."

남궁준이 어색하게 웃었다.

누가 봐도 피곤함이 얼굴에 덕지덕지 붙어 있어서였다.

그런데도 수련을 빠지지 않는다는 게 남궁준은 새삼 놀라웠다.

한때는 게으름의 대명사가 이춘상이었는데 말이다.

"사숙께서는 어디 가신 것입니까?"

"아, 곧 나올 거야. 지금 서신을 쓰고 있어서."

"혹시 연서입니까?"

원일이 은근한 목소리로 물었다.

제갈성과 남궁준이 왜 이곳을 찾았는지 알았기에 장난스럽게 물은 것이었다.

　그러자 이춘상이 의미심장하게 웃었다.

　"글쎄. 나도 거기까지는 모르겠네. 친구의 사생활이라."

　"어쩌면 령령이에게 가는 편지일지도 모르겠네요."

　"그럴 수도 있고, 아닐 수도 있지요. 하성이에게 오는 편지가 한두 개가 아니라서 말이지요."

　살짝 기대하는 표정으로 입을 열었던 제갈성의 표정이 어두워졌다.

　예상을 못 한 건 아니었으나 이렇게 직접 들으니 마음이 심란해졌다.

　여동생의 수완을 모르는 건 아니지만 상대가 남궁세가의 금지옥엽이자 무림삼화의 일인인 소화 남궁희수이기에 제갈성은 걱정이 되었다.

　"역시 대단하시네요."

　"부러워만 하고 있으면 안 되지. 너도 하성이처럼 될 수 있어. 인생 어떻게 될지 모르는 거야."

　"그렇겠죠? 저도 노력하다 보면 언젠가는 가능하겠죠?"

　"당연하지. 선례가 있잖아. 그러니까 열심히 하자고."

　이춘상이 손뼉을 치며 분위기를 환기시켰다.

　수련을 하러 왔으니 이제 수다는 그만 떨고 수련하자는 것이었다.

이윽고 적당히 떨어져서는 각자의 방식으로 몸을 풀기 시작했다.

"많이 내려놨네."

"어, 왔어?"

몸을 풀기 무섭게 대련을 시작하는 남궁준과 원일을 지켜보던 이춘상의 곁으로 유하성이 귀신같이 나타났다.

기척도 없이 다가왔던 것이다.

그러자 서문광과 제갈성이 묵례를 해 왔다.

대련에 방해되지 않게 조용히 인사해 온 것이었다.

"응."

그런 둘에게 마주 묵례를 해 준 유하성은 다시 대련하는 두 사람에게로 시선을 옮겼다.

정확하게는 원일에게 말이다.

원일도 그동안의 노력으로 많이 발전하기는 했지만 아직 남궁준을 상대로는 역부족이었다.

하지만 그걸 알면서도 원일은 물러나지 않고 전력을 다해 맞부딪쳤다.

"너와 내가 좋은 자극이 된 거지. 자신감과 자만심은 엄연히 다르니까."

"제삼자가 보기에는 그렇지만 당사자는 엄청 힘들었을걸?"

"그건 어쩔 수 없지. 무림이란 곳은 경쟁이 필수인 곳이니

武當霸王
무당
패왕

까. 이겨 내지 못하면 도태될 수밖에 없지. 너도 그렇고 나도
그렇고 다 그 과정을 이겨 내고 지금의 자리에 있는 거니까.
아니지. 지금도 그 과정에 있지."

"맞아. 나도 더 높은 곳을 목표로 하고 있고."

둘의 대화를 들으며 제갈성은 고개를 주억거렸다.

어쩌면 향상심이야말로 무인에게 있어 가장 중요한 것일
지도 몰랐다.

그리고 그 역시 무인이었다.

세인들은 그의 천재적인 머리를 칭찬하고 찬양하지만 사
실 제갈성은 그런 말들이 싫었다.

머리만 얘기한다는 건 달리 말하면 그의 무재가 부족하다
고 말하는 것과 다름없어서였다.

그래서 언제부터인가 제갈성은 한 가지 목표를 가슴에 담
았다.

'문무겸전.'

두뇌만이 아닌 무공으로도 제갈성은 인정받고 싶었다.

구룡 중 최약체가 아닌, 최고가 되고 싶었다.

비록 이제는 세 명밖에 남지 않았기에 큰 의미가 없어졌지
만 그렇다고 무인으로서의 인생이 끝난 건 아니었다.

어떻게 보면 지금부터가 시작이었다.

'그래서 이곳에 온 것이고.'

부친의 지시 같은 부탁이 있었으나 사실 그건 얼마든지 거

절할 수 있었다.

하지만 제갈성은 그러지 않았다.

유하성을 보며 제갈성은 배우고, 똑같이 되고 싶었다.

부족한 재능을 가지고 태어났으나 결국에는 극복한 유하
성처럼 말이다.

"사, 사숙!"

그런데 그때 연무장의 입구에서 다급한 뜀박질 소리와 목
소리가 들려왔다.

잠시 후 무당파의 일대제자가 시뻘게진 얼굴로 유하성에
게 헐레벌떡 뛰어왔다.

"무슨 일이야?"

누가 봐도 큰일이 난 것 같은 기색에 이춘상과 서문광, 제
갈성은 물론이고 대련을 하고 있던 원일과 남궁준도 손을 멈
추고 이쪽을 쳐다봤다.

분위기가 심상치 않은 것 같아서였다.

"철기방이, 철기방의 철갑기마대가 나타났는데 소방주가
유 사숙께 도전장을 내밀었습니다!"

"나에게?"

"예!"

"철기방이라면 소림사와 악연이 있지 않나?"

"그래서 소림사의 방장께서 제자들을 이끌고 정문으로 달
려 나간 상태입니다!"

유하성이 고개를 갸웃거렸다.

철기방과는 딱히 인연이랄 게 없어서였다.

"소림사의 반응은 당연한 거고. 근데 왜 널 찾는 거지?"

이춘상도 이해가 안 된다는 듯이 미간을 좁혔다.

암만 생각해도 연관이 없어서였다.

"일단 가 보자고. 철기방은 한 번도 못 봐서 궁금하기도
하고."

"당사자에게 묻는 게 가장 확실하긴 하지."

유하성은 정문을 향해 성큼성큼 걸어갔다.

그러자 모두 그의 뒤를 따라 이동했다.

정문에 가까워질수록 무인들이 기하급수적으로 늘어 갔
다.

철기방의 최정예 전력이라 할 수 있는 철갑기마대의 등장
에 다들 싸울 태세를 하고서 정문에 모여든 것이었다.

그중 가장 살벌한 기세를 풍기는 곳은 당연 소림사였다.

철기방의 소방주에게 소림제일기재이자 차기 방장이라 할
수 있는 범구가 죽었기에 소림사의 제자들은 승려답지 않기
무시무시한 기세를 흩뿌리고 있었다.

"오늘은 소림사를 찾아온 게 아닌데 말이지."

"아미타불. 빈승이 철기방에 볼일이 있소이다."

소림사의 방장이 불호와는 달리 북풍한설 저리 가라 할 정
도의 싸늘한 눈으로 철기방을 노려봤다.

그런 방장의 곁에는 팔대호법과 나한승들이 철탑처럼 굳건하게 서 있었다.

명령이 떨어지면 당장이라도 철갑기마대를 향해 달려들겠다는 듯이 말이다.

"그 마음은 아는데, 우리가 오늘 여기에 온 목적은 소림사가 아니라서 말이지."

"피하는 것이오?"

"그럴 리가. 원한다면 얼마든지 싸워 주지. 단, 그 전에 볼 일을 본 후에."

소림사의 전대 방장이자 현재 천하제일인이라 불리는 성승과의 대결에서 밀리긴 했어도 쓰러지지 않은 인물이 철기 방주였다.

그 말은 성승도 쉽게 죽이거나 사로잡지 못할 정도의 실력자라는 뜻이었다.

때문에 소림사 방장인 계광은 손에 있는 염주알을 굴리며 지그시 쏘아봤다.

마음 같아서는 당장 달려가 멱살을 잡고 싶지만 거리가 상당해 달려가려는 낌새를 보이면 곧장 물러날 게 분명했다.

경신술에 자신이 있는 그이지만 거리가 있고, 말을 타고 있다는 점을 생각하면 따라잡을 가능성보다 놓칠 가능성이 더 컸다.

아니면 추격하다가 도리어 함정에 빠질 수도 있었다.

이 정도 거리를 단숨에 따라잡을 수 있는 인원은 한정적일 수밖에 없으니까.

"그러다가 포위당할 수도 있소만."

"설마하니 우리가 그 정도 대비도 안 했을까 봐. 십천 중에 하오문이 있다는 걸 잊었나? 마음먹고 우리가 도주를 택하면 따라잡을 수 있는 곳은 없다."

"자존심이 없는 모양이구려. 대놓고 도주라는 말을 꺼내는 걸 보면."

"그럼 정정당당하게 똑같은 인원으로 붙어 볼까?"

계광의 도발에도 철기방주는 능글맞게 맞받아쳤다.

정정당당하게 붙으면 자신이 있다는 듯이 말이다.

도발에 도발로 맞받아치는 그 모습에 계광의 눈썹이 크게 꿈틀거렸다.

"좋소이다."

그러나 자신감은 계광도 있었다.

소림사는 천하제일이었다.

과거에도 그랬고, 현재도 그러하며, 미래에도 마찬가지일 것이었다.

그래서 계광은 망설이지 않고 목소리에 내공을 담아 대답했다.

"잠깐 기다리라니까. 볼일 먼저 보고 상대해 줄 테니."

하지만 계광의 대답에도 철기방주는 느물느물하게 대답했

다.

자신으로서는 전혀 급할 게 없다는 듯이 말이다.

게다가 애초의 목표는 소림사가 아니었다.

소림사는 언제라도 싸울 수 있기에 철기방주는 얄밉게 히죽 웃었다.

"저……! 저!"

멀리 떨어져 있었지만 안력에 내공을 집중하면 보이지 않는 거리는 절대 아니었다.

그렇기에 몇몇 소림승들이 흥분해서 손가락질했다.

적진 한복판에 당당히 와 있는 것도 아니꼬운데 태연하기까지 하자 가슴에서 열불이 치솟는 것이었다.

더욱이 철기방의 소방주에게 범구가 죽었기에 소림사의 승려들이 느끼는 분노는 상상을 초월했다.

"시간은 많으니까 흥분 좀 가라앉히라고. 내가 안 싸우겠다고 한 것도 아니잖아?"

"저 가증스러운 놈!"

히죽거리는 철기방주의 모습에 폭발한 몇몇 소림승들이 소리쳤다.

그리고 계광의 얼굴도 터질 것처럼 붉어졌다.

하지만 그럼에도 땅을 박차는 이는 없었다.

계광의 지시가 없을뿐더러 그들도 상황이 어떻게 흘러갈지 알기에 가까스로 참고 있는 것이었다.

武當霸王
무당
패왕

스스슥!

그때 후방에서 부산스러운 움직임이 느껴졌다.

파도가 갈라지듯 무인들이 좌우로 벌어졌던 것이다.

그리고 그 사이로 일단의 무리가 나타났다.

"이제야 나오는군."

계광마저도 고개를 돌릴 때 철기방주의 목소리가 귓전을 때렸다.

거리가 상당함에도 그는 단번에 등장한 이를 알아봤던 것이다.

쿠웅!

유하성의 등장에 조용히 말에 타고 있던 사내가 안장에서 내려왔다.

바로 범구를 쓰러뜨렸던 그 사내였다.

몸에 걸치고 있는 철갑의 무게를 알려 주듯 땅에 발이 닿기 무섭게 육중한 소리가 울려 퍼졌다.

그러나 유하성은 조금도 개의치 않은 얼굴로 느릿하게 발걸음을 옮겼다.

저벅저벅.

그리고 그건 사내 역시 마찬가지였다.

하마한 후 그는 유하성을 똑바로 쳐다보며 천천히 다가왔다.

이윽고 두 사람은 각 진영의 중간지점에서 적당한 거리를 두고 마주 섰다.

한데 두 사람의 표정은 극명하게 달랐다.

스윽.

도전을 받은 사람답지 않게 무덤덤한 유하성과 달리 사내
는 묘하게 뜨거운 눈빛으로 유하성을 뚫어져라 쳐다봤다.

십천 내에서 그의 호적수라 불리는 귀단문의 소문주를 제
압한 게 눈앞에 있는 유하성이었다.

그렇기에 유하성을 쓰러뜨린다면 자연스럽게 귀단문의 소
문주보다 그가 위에 있게 될 터였다.

'겸사겸사 중원수호맹의 사기도 짓밟아 주고 말이지.'

사내, 철군혁이 비릿하게 웃었다.

십천 내에서 많은 이들이 그와 귀단문의 소문주를 비교했
다.

둘 다 천고의 기재라서면 말이다.

그러면서 은근슬쩍 경쟁구도를 만들었는데 철군혁은 그게
정말 마음에 들지 않았다.

공력만 많은 녀석과 자신을 비교한다는 게 말이 되지 않아
서였다.

물론 공력이 많으면 많을수록 나쁠 건 없지만 막대한 공력
을 제외하면 귀단문의 소문주는 정말 별 볼 일 없는 실력을
가지고 있었다.

'그러나 난 다르지.'

무지막지한 공력만 믿고 설치는 귀단문의 소문주와 달리 그는 밑바닥부터 차근차근 실력을 쌓아 지금의 경지를 이룩했다.

　그렇기에 붙는다면 철군혁은 자신 있었다.

　다만 문제는 그렇게 비교를 해도 막상 두 사람이 붙는 걸 원하는 이는 그리 많지 않았다.

　비무가 생사결이 될 가능성이 농후해서였다.

　철군혁 역시 마찬가지였고.

　그리고 그렇게 되면 제 살 파먹기밖에는 되지 않았기에 모두가 만류했다.

　"나를 찾아왔다고?"

　"그래."

　유하성의 목소리가 철군혁을 상념에서 끄집어냈다.

　긴장감이라고는 전혀 느껴지지 않는 목소리가 말이다.

　그게 철군혁은 심히 거슬렸다.

　"의외인데. 그쪽은 소림사와 인연이 있는 것으로 아는데."

　"소림사보다는 그쪽에게 관심이 있어서 말이지."

　"나를 쓰러뜨리고 싶다?"

　"맞아. 또래 중에 그쪽이 가장 강하다고 하더라고. 근데 나는 그걸 인정할 수가 없어서 말이지."

　철군혁이 밉살스럽게 웃었다.

　상대 쪽에서 그의 심기를 건든다면 그 역시 똑같이 해 주면 될 일이었다.

그리고 심리전이 은근히 승패에 끼치는 영향이 크다는 걸 잘 알았기에 철군혁은 유하성의 심기를 살살 건드렸다.

"인정할 수 없다라."

"이번에 그쪽에게 당한 것도 꽤 있으니까. 제법 쓰라렸다고나 할까."

"십천들의 사이가 썩 좋지는 않은 걸로 알고 있는데."

"그렇다고 나쁘지도 않지. 어쨌든 뜻을 모은 사이니까."

철군혁의 대답에 유하성이 피식 웃었다.

말은 저렇게 하지만 실상은 다르다는 걸 알고 있어서였다.

지금의 말대로 십천들의 사이가 돈독하다면 공공문의 장로들과 총표파자의 제자, 그리고 이번에 사로잡힌 동정귀옹을 어떻게든 구출하려 노력했어야 했다.

하지만 그런 기미는 전혀 보이지 않았다.

"거짓말은. 서로 필요에 의해 손을 잡은 것뿐이면서."

"그것도 맞는 말이고. 근데 그건 너희도 다르지 않잖아?"

철군혁은 부정하지 않았다.

대신 히죽 웃으며 비아냥거렸다.

하나로 똘똘 뭉치지 못한 건 중원수호맹도 마찬가지였다.

"맞아. 근데 우리는 적어도 한 입으로 두말하지는 않아."

"무슨 말인지 모르겠군."

"알면서 모르는 척은."

유하성이 피식 웃었다.

말은 저렇게 하지만 미세하게 얼굴이 굳어졌던 걸 그는 놓치지 않았다.

하지만 유하성은 더 뭐라 하지 않았다.

꾸욱.

대신 주먹을 쥐었다.

도전장을 내밀었으니 그에 응해 주는 게 도리였다.

무엇 때문에 자신을 찾아왔는지 모르지도 않았고.

'내가 거슬렸겠지.'

역지사지라고 반대의 입장에서 생각해 보면 답을 유추해 내는 건 쉬웠다.

더욱이 체면을 중시하는 정도무림의 성향을 생각하면 판을 만드는 건 어렵지 않았다.

도전을 거부하는 순간 겁쟁이로 낙인찍힐 테니까.

물론 그렇다고 해서 아무나 내보낼 수는 없었기에 고르고 골라 철기방의 소문주를 택했을 터였다.

"준비됐나? 안 됐으면 좀 더 기다려 줄 수도 있고."

철군혁이 두 팔을 벌려 보였다.

이 정도 아량은 베풀어 줄 수 있다는 듯이 말이다.

"되었으니 들어와. 그래도 명색이 내가 선배인데 선수를 양보해 주지."

"……."

철군혁의 표정이 싹 굳어졌다.

설마하니 이런 식의 도발을 할 줄은 몰라서였다.

그러나 유하성은 천연덕스럽게 웃으며 손을 까딱였다.

"왜? 삼 초를 양보해 주지 않아서 서운한 건가?"

"……후회하게 만들어 주마."

"들어와."

철군혁이 이를 갈며 대답했다.

눈빛으로는 유하성을 갈기갈기 찢어 버릴 것처럼 노려보면서 말이다.

이윽고 육중한 발 구름 소리와 함께 철군혁이 달려들었다.

쿠웅!

우람한 체격에 두꺼운 철갑까지 입고 있기에 누가 봐도 둔하고 느릴 것처럼 생각하겠지만 실상은 달랐다.

땅을 박차는 철군혁의 움직임은 가볍고 빨랐다.

전신을 감싸고 있는 철갑의 무게가 느껴지지 않을 정도로 경쾌하며 신속했다.

거기다 장대한 체구의 삼 할 가까이를 가리는 강철 방패를 왼팔에 착용하고 있음에도 불구하고 말이다.

부우우웅!

그래서인지 바람 가르는 소리가 육중했다.

아니, 정확하게는 바람을 밀어 내는 듯한 소리와 함께 철군혁이 저돌적으로 돌진했다.

방패를 앞세우고 검을 찌를 듯한 돌격 자세로 말이다.

'처참하게 발라 주마!'

그를 앞에 두고 건방을 떠는 유하성의 모습에 철군혁은 이를 갈았다.

그리고 만인 앞에서 보여 줄 생각이었다.

무당권패라는 별호가 얼마나 허망한 것인지를 말이다.

물론 귀단문의 소문주를 일대일로 쓰러뜨렸으니 실력이 있는 건 확실하겠지만 철군혁은 자신했다.

'이 자리에서 잡아먹어 주마!'

유하성과 귀단문의 소문주보다 자신이 훨씬 뛰어나다고 말이다.

더불어 후기지수의 수준을 뛰어넘어 구파일방과 오대세의 수장과 비슷한 실력임을 만천하에 보여 줄 생각이었다.

터어엉!

그 순간 철군혁의 방패와 유하성의 주먹이 처음으로 격돌했다.

철군혁의 돌진을 유하성이 피하지 않고 받아 냈던 것이다.

'역시 가볍군!'

왼팔에서 느껴지는 충격을 올올히 느끼며 철군혁이 히죽 웃었다.

권패라고 불리기에 주먹이 꽤나 묵직할 줄 알았는데 생각했던 것보다는 기대 이하였다.

묵직하기는 하지만 그가 예상한 수준은 아니었다.

'하긴. 강함은 상대적인 것이니까.'

대단하다고 소문난 신진고수도 절대고수 앞에서는 그저 그런 고수가 되는 법이었다.

또한 소문은 사람의 입을 타면 탈수록 과장되기 마련이었기에 철군혁은 비릿하게 웃으며 방패 뒤에 비스듬히 숨겨 두었던 검을 찔러 넣었다.

유하성의 주먹이 방패에 닿아 있는 순간을 노리고서 절묘하게 찌른 것이었다.

텅!

그러나 미리 대비하고 있었다는 듯이 유하성은 검을 가볍게 튕겨 냈다.

근접전은 익숙하다는 듯이 조금도 당황하지 않고 그의 공격을 막아 냈던 것이다.

하지만 철군혁의 공격은 이제부터가 시작이었다.

유하성이 무투가로서 온몸을 사용하는 것처럼 철군혁 역시 사지 전부를 이용했다.

'근접전은 오히려 나에게 유리하지!'

그의 힘은 마상(馬上)에 있을 때 극대화되지만 지금처럼 일대일의 상황에서도 강력한 힘을 발휘했다.

일단 방어력 자체가 일반 무인들과는 격을 달리했기 때문이다.

그렇다고 철갑 때문에 느리냐고 하면 그것도 아니었다.

쿵! 쿵! 쿵! 쿵!

철갑으로 무장한 평범한 병사였다면 무인의 보신경과 공격 속도를 따라잡지 못하겠지만 그는 똑같이 내공심법과 무공을 익히고 있었기에 얼마든지 반응할 수 있었다.

즉 양쪽의 장점만 가지고 있는 게 바로 그이자 철기방이었다.

웅웅웅!

그걸 증명하듯 철군혁의 검에서 검강이 솟구쳤다.

동시에 방패에서도 강기가 일어났다.

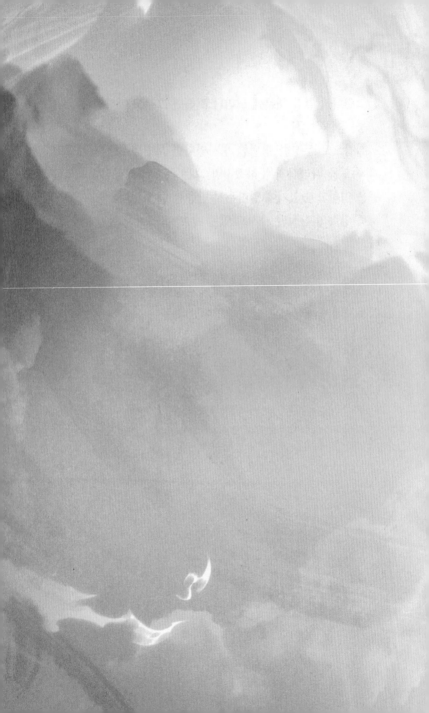

제50장 아직은 일러

'완전히 부숴 주마!'

형형한 안광과 함께 철군혁의 검과 방패가 동시에 유하성에게 파고들었다.

방패라고 해서 꼭 방어용으로만 사용하라는 법은 없었다.

지금처럼 강기를 뒤덮으면 제아무리 무인이라도 단숨에 뭉개 버릴 수 있었다.

고수라면 몸의 균형을 비틀어 버리는 용도로도 사용할 수 있었고 말이다.

터어엉!

그런데 유하성은 검과 방패가 동시에 공격하는데도 당황하지 않았다.

오히려 너무나 부드러운 손놀림으로 그의 공격을 흘려 냈다.

그러자 자연스레 그의 가슴이 훵하니 드러났다.

양손으로 방패와 검을 밀어 내자 자연스럽게 텅 빈 가슴이 드러났던 것이다.

"흥!"

하지만 일순 커다란 빈틈을 드러냈음에도 철군혁은 당황하지 않았다.

오히려 코웃음을 쳤다.

다른 이들에게는 절체절명의 순간이겠지만 그에게는 아니었다.

방패가 없어도 그의 가슴은 흉갑이 지키고 있었기에 틈인 것처럼 보여도 틈이 아니었다.

투웅!

그 사실을 증명하듯 유려한 손놀림으로 검과 방패를 흘려 내고서 벼락같이 쇄도한 유하성의 장심이 흉갑에 닿았음에도 달라지는 건 없었다.

흉갑이 완벽하게 유하성의 일장을 받아 냈던 것이다.

"방어력이 생각 이상인데?"

"내가중수법에 대비하지 않았을 것 같더냐? 누구보다 무인들에 대해 연구한 게 바로 우리다."

의외라는 듯이 눈썹을 씰룩이는 유하성을 향해 철군혁이

이죽거렸다.

무인이라는 족속들은 정말 하나같이 단순하다는 생각을 하면서 말이다.

하나같이 예상이 빗나가지 않는 행동에 철군혁이 조소를 머금으며 바깥으로 밀려 나갔던 검과 방패를 휘둘렀다.

회수하기보다는 유하성의 일격을 받아 내며 반격하려는 것이었다.

"좋은 자세야. 공부는 평생 하는 것이니까. 근데 자신감이 조금 과한 것 같은데."

빠직.

철군혁의 동공이 순간 흔들렸다.

흉부에서 낯선 소리가 들려와서였다.

지금껏 단 한 번도 들어 본 적 없지만 그럼에도 무슨 소리인지 단번에 알 수 있는 소리에 철군혁이 공격을 하다 말고 뒤로 물러났다.

소리의 원인을 파악하기 위해서였다.

"허!"

철갑을 착용하고 있다고는 믿기 힘을 정도로 표홀한 움직임으로 물러난 철군혁이 자신의 가슴을 내려다봤다.

그리고 그는 볼 수 있었다.

철기방의 모든 기술이 담겨 있는, 정화라고 해도 과언이 아닌 그의 철갑에 미세하게 금이 가 있는 걸 말이다.

그것도 방금 전 유하성의 손바닥이 닿아 있었던 곳에.

"아무리 단단한 금속이라도 절대적인 건 없지. 결국 단단한 건 더 단단한 것에 부서지기 마련이니까."

"닥쳐라!"

철갑은 철군혁의 자부심이자 철기방의 자존심이기도 했다.

그리고 지금까지의 전투에서 단 한 번도 부서지지 않았고.

더불어 앞으로도 부서지지 말아야 했다.

그런데 유하성이 비아냥거리자 철군혁은 으르렁거리며 달려들었다.

쐐애액!

철검을 휘감은 검강이 일순 길게 늘어났다.

엿가락처럼 늘어나서는 섬광처럼 유하성에게 쇄도했던 것이다.

하지만 벼락같은 일격을 유하성은 고개를 살짝 까딱이는 것으로 피해 냈다.

그러고는 철군혁과 마찬가지로 땅을 박찼다.

파아앗!

육중한 철군혁과 달리 유하성의 움직임은 유려했다.

미끄러지듯이 순식간에 간격을 좁힌 유하성의 쌍권이 부드럽게 원을 그렸다.

그러자 파고들던 검과 방패가 유하성이 그리는 원의 궤적

무당패왕

에 따라 끌려 나갔다.

알 수 없는 힘에 의해 철군혁의 의지와는 다른 방향으로 움직였던 것이다.

으득!

그러나 철군혁도 만만치 않았다.

유하성의 태극권에 공격이 실패하자 곧바로 다른 방법으로 대응했다.

가까운 거리를 십분 이용해 무릎차기를 시도했던 것이다.

철컹!

그런데 그 순간 철군혁의 무릎에서 기이한 소성이 흘러나왔다.

동시에 무릎에서 무언가가 튀어나왔다.

날카롭고 뾰족한 칼날이 갑자기 솟구쳤던 것이다.

철군혁은 그걸 유하성의 복부를 향해 찔렀다.

후우웅.

부지불식간에 펼쳐진 기습과도 같은 일격이었으나 유하성은 그마저도 피해 냈다.

춤을 추듯 부드럽게 몸을 반회전시키며 철군혁의 공격을 회피했던 것이다.

그러면서 자연스럽게 발을 들어 크게 휘둘렀다.

꽝!

"큭!"

회피와 동시에 옆구리에 제대로 꽂히는 발 차기에 철군혁의 입에서 신음이 흘러나왔다.

　옆구리에서 시작된 고통이 삽시간에 전신으로 퍼져서였다.

　하지만 유하성의 공격은 이제부터가 시작이었다.

　쫘앙! 꽝!

　부드러웠던 움직임이 한순간에 일변했다.

　방금 전과는 달리 공격 일변도로 바뀌었던 것이다.

　게다가 위력 역시 천지차이였다.

　태극권이라고는 생각하기 힘들 정도로 패도적인 일격이 연이어 쏟아지자 철군혁으로서는 방어에 전념할 수밖에 없었다.

　"이익!"

　물론 그렇다고 해서 철군혁이 가만히 당하고만 있던 건 아니었다.

　방어에 집중하면서도 철군혁은 검강에 휩싸인 검을 휘둘렀다.

　두들겨 맞기만 하는 건 자존심이 상했기에 반격한 것이었다.

　그러나 유하성은 그마저도 맞받아쳤다.

　쫘아앙!

　비스듬히 파고들어 오는 검극을 향해 주먹을 내질렀던 것이다.

그런데 결과는 철군혁의 완패였다.

유하성을 상처 입히지도, 그렇다고 밀어 내지도 못하고 오히려 철군혁의 상반신이 흔들렸다.

검강과 권강의 충돌에 그가 밀린 것이었다.

꽈앙! 꽝! 꽈아앙!

그리고 그때부터 철군혁은 수세에 몰렸다.

쉴 새 없이 몰아치는 유하성의 파상공세에 철군혁은 웅크릴 수밖에 없었다.

하지만 그렇다고 포기한 건 아니었다.

철군혁은 유하성의 맹공을 받아 내면서 때를 기다렸다.

'언제까지나 이렇게 힘을 쓸 수는 없을 거다. 기다리면 한 번의 기회는 반드시 온다.'

여느 무인이었다면 지금처럼 힘으로 찍어 누르는 공격에 속절없이 당했겠지만 그는 달랐다.

철갑과 방패가 있었기에 최소한의 공력으로 최대한의 효과를 낼 수 있었다.

그렇다고 내공이 부족한 것도 아니었기에 철군혁은 거북이처럼 웅크렸다.

전투에는 흐름이 있었기에 이렇게 막다 보면 반드시 때가 올 것이었다.

'마지막에 웃는 자가 승자다!'

생각했던 것과는 다른 전개였으나 중요한 건 결과였다.

결국 살아남는 자가 승자였고, 역사는 승자를 기억하는 법이었다.

유하성이 예상했던 것보다 강하긴 하나 철군혁은 결국 승리하는 건 자신이라고 생각했다.

그런데 그때 철군혁의 눈에 유하성의 미소가 들어왔다.

'왜 웃지?'

분명 밀어붙이는 건 유하성이었다.

하지만 그건 겉으로만 볼 때 그럴 뿐 실속은 없었다.

한 방 한 방이 위력적인 건 사실이지만 치명타는 없었다.

그걸 모르지 않을 텐데도 웃고 있는 유하성의 모습에 철군혁은 순간 묘한 위화감이 들었다.

후우웅.

동시에 유하성의 주먹이 느릿하게 다가왔다.

왠지 모르게 천천히 다가오는 것처럼 느껴졌던 것이다.

툭.

그리고 유하성의 주먹이 방금 전과 마찬가지로 방패를 때렸다.

아니, 정확하게는 닿았다.

한데 그 순간 어마어마한 힘이 철군혁을 덮쳤다.

마치 그의 몸 안에서 진천뢰가 터지는 듯한 충격이 일어났던 것이다.

쩌저저적!

"커헉!"

내부에서 일어난 폭발은 삽시간에 전신으로 퍼져 나갔고, 그 힘을 견디지 못한 철갑이 산산조각 나서 날아갔다.

더불어 철군혁은 칠공에서 시커먼 피를 쏟아 내며 바닥에 주저앉았다.

"군혁아!"

그 모습에 철갑기마대와 함께 아들의 싸움을 지켜보던 철기방주가 경악성을 토해 냈다.

밀리는 것처럼 보여도 유하성의 공격이 실속이 전혀 없다는 걸 알기에 철기방주는 끝내 이기는 건 아들이라고 생각했다.

그런데 마지막 일권에 철군혁의 철갑이 산산조각 나며 쓰러지자 그는 손을 뻗었다.

말안장에 있던 밧줄을 잡아 벼락같이 던졌던 것이다.

휘리릭!

끝에 달려 있는 추 덕분에 더욱 빠르게 날아간 밧줄이 순식간에 철군혁의 몸통을 감쌌다.

그러자 철기방주는 곧바로 끌어당겼다.

패배하긴 했으나 그렇다고 아들이 죽는 걸 허락할 수 없기에 구출하려는 것이었다.

하지만 유하성도 지켜보기만 하지는 않았다.

"막아라!"

끌어당겨지는 철군혁을 향해 덮치듯이 달려드는 유하성의 모습에 철기방주가 부하들에게 지시를 내렸다.

아무래도 거리가 가까웠던 만큼 방해하지 않으면 철군혁을 무사히 빼내기가 힘들 것 같아서였다.

휘이익!

그런데 움직인 건 철기방주만이 아니었다.

철군혁이 피를 토하며 쓰러지고 철기방주가 아들을 구하기 위해 움직이자 유하성의 뒤쪽에서 지켜보고 있던 소림사의 제자들도 일제히 몸을 날렸다.

철기방주가 나서자마자 곧바로 소림사 역시 기다렸다는 듯이 움직인 것이었다.

쌔애애액!

그러나 일제히 달려가던 소림사의 승려들이 움찔거렸다.

철기방주의 외침과 함께 허공을 가로지르는 서른 개가량의 진천뢰 때문이었다.

한두 개도 아니고 서른 개가 훌쩍 넘는 진천뢰의 등장에 방장인 계광마저도 아연실색한 표정을 지었다.

하지만 그걸 보면서도 움직이는 이가 있었다.

후우웅.

바로 유하성이었다.

매서운 속도로 날아오는 진천뢰를 보고서도 유하성은 움

무당
패왕

직이는 걸 멈추지 않았다.

대신 두 팔을 크게 휘저었다.

일정 이상의 충격이 없다면 폭발하지 않는다는 걸 알기에 전부 받아 내려는 것이었다.

"흥!"

한데 그때 코웃음 소리가 들려왔다.

그리고 맹렬한 파공성도 함께 들렸다.

유하성이 무얼 하려는지 알아차린 철기방주가 날아가는 진천뢰를 향해 지풍을 날린 것이었다.

그 결과 맨 후미의 진천뢰가 터졌고, 다른 진천뢰가 연쇄적으로 폭발했다.

꽈과과광!

"유 공자!"

하나가 터지기 무섭게 연달아 터지는 폭발에 계광이 깜짝 놀라며 소리쳤다.

한두 개 정도야 유하성에게 큰 위협이 되지 않겠지만 지금 날아온 숫자는 서른 개가 훌쩍 넘었다.

그 정도가 한꺼번에 터진다면 제아무리 유하성이라 할지라도 위험할 수밖에 없기에 계광은 다급하게 몸을 날렸다.

어떻게든 유하성을 구해 내기 위해서였다.

"저는 괜찮습니다."

휘이이잉!

폭발 속으로 들어가려던 계광과 팔대호법이 순간 머뭇거렸다.

너무나 담담한 목소리에 자기도 모르게 움찔한 것이었다.

잠시 후 한 줄기 바람과 함께 자욱하게 피어올랐던 먼지구름이 걷히자 멀쩡한 모습의 유하성이 나타났다.

"정말 괜찮소이까?"

"예."

"허어."

달려가려던 자세 그대로 멈춰 섰던 계광의 동공이 살짝 커졌다.

엄청난 폭발이 일어났음에도 불구하고 유하성의 무복에는 그을린 자국이 단 하나도 없어서였다.

심지어 유하성의 손에는 멀쩡한 화탄 여섯 개가 쥐어져 있었다.

진천뢰가 연쇄폭발 하는 와중에도 여섯 개를 챙긴 것이었다.

"허허허."

"대단합니다."

팔대호법도 그걸 봤는지 하나같이 헛웃음을 흘렸다.

설마하니 몸을 빼기도 모자랄 판에 진천뢰를 챙겼을 줄은 몰라서였다.

"추격은 힘들 것 같습니다."

유하성의 시선이 멀리 먼지구름이 일어나는 곳으로 향했다.

바로 철기방의 철갑기마대가 움직이는 쪽이었는데 어느새 거리가 상당히 벌어져 있었다.

"빈승이 보기에도 그런 것 같소이다."

계광의 시선도 철갑기마대로 향했다.

그런 그의 동공에는 아쉬움과 분노가 짙게 서려 있었다.

하지만 이내 그는 감정을 추슬렀다.

따라가기에는 이미 늦었기에 다음을 기약할 수밖에 없었다.

"죄송합니다. 제가 최대한 붙들고 있어야 했는데."

"아미타불. 아니외다. 이미 도망칠 준비를 하고 있는 이들이었소. 그러니 유 공자의 탓이 아니오. 오히려 철기방의 소방주를 쓰러뜨려 주어서 빈승이 감사하오."

제자의 복수를 이번에도 하지 못했지만 계광은 그러한 티를 전혀 내지 않았다.

도리어 유하성을 칭찬했다.

그 역시 철기방이 찾아온 목적을 알고 있어서였다.

그걸 정면으로 부숴 버렸으니 당연히 칭찬하는 게 맞았다.

"이거라도 좀 드릴까요?"

"마음만 받겠소이다."

유하성이 내미는 진천뢰를 보며 계광은 합장하며 고개를

저었다.

대단한 위력을 지닌 물건이지만 소림사는 신외지물에 욕심을 갖지 않았다.

더욱이 유하성이 얻어 낸 것이었기에 계광은 빙긋 웃기만 했다.

널찍한 회의실이 사람들로 가득 찼다.

각파의 수장들이 전부 모인 것이었다.

그런데 분위기가 평소와는 조금 달랐다.

철기방과 있었던 일전 때문인지 분위기가 나쁘지 않았다.

"크흠! 흠!"

특히 무당파의 분위기가 가장 밝았다.

아무래도 유하성의 활약 덕분에 다들 고조된 듯싶었다.

반면에 소림사와 사천당가의 분위기는 썩 좋지 않았다.

그중 철기방을 눈앞에서 놓친 소림사의 분위기가 유독 안 좋았다.

"분위기가 왜들 이래?"

"어, 왔어?"

"응."

대회의실의 문이 거칠게 열리며 호리병을 한 손에 든 취선이 안으로 들어왔다.

　해가 중천에 떠 있는 한낮에, 그것도 구대문파와 오대세가의 수장들이 전부 모여 있었음에도 불구하고 당당하게 술을 가지고 대회의실에 들어왔으나 누구 하나 그 점에 대해서 나무라지 않았다.

　배분도 배분이지만 취선이라는 이름 때문이었다.

　무덤에 들어갈 때도 술을 챙겨 갈 위인이 취선이었기에 다들 그러려니 했다.

　"이번에는 일찍 왔네?"

　"철기방이 왔다는 소식을 들어서."

　유일하게 반겨 주는 명천의 말에 대답하며 취선이 좌중을 한 차례 훑었다.

　그런데 반응이 각기 달랐다.

　명천을 비롯해서 무당파의 분위기가 대체적으로 가벼웠다면 소림사는 티를 내지 않아서 그렇지 활활 불타오르고 있었다.

　특히 방장인 계광이 두 눈을 감고 염주를 굴리고 있었는데 취선은 보는 순간 그가 많이 참고 있음을 알았다.

　"왔다가, 금방 갔어."

　"소식은 들었어. 하성이가 철기방의 소방주를 두들겨 팼다며? 시원하게 두드려 팼다던데."

　"주먹질은 잘하니까."

"흥. 주먹질뿐이겠어. 전신이 다 무기인 녀석인데."

명천이 겸손하게 말했지만 그녀의 눈에는 보였다.

입꼬리가 올라갈 듯 말 듯 하는 게 말이다.

소림사와 사천당가를 비롯해서 다른 문파들과 무가 때문에 자제하고 있지만 속마음은 다를 듯했다.

"명운이가 잘 키웠지. 사실 내가 한 건 별로 없기도 하고."

"근데 오늘 안건은 뭐야? 철기방을 추격하는 건 물 건너간 거 같은데."

"나도 몰라. 오라고 해서 온 거지."

"자랑하고 싶은 건 아니고?"

"나도 때와 장소는 가린다."

명천이 정색하듯 말했다.

그러나 그 모습에도 취선은 콧방귀를 뀌었다.

"총군사."

"예, 당가주님."

"이제는 슬슬 결정을 내려야 하지 않겠나?"

잠자코 명천과 취선의 대화를 듣고 있던 사천당가주가 입을 열었다.

이대로 가만히 있다가는 오늘도 아무 소득이 없을 것 같아서였다.

"빈승 역시 같은 생각입니다."

거기에 소림사의 계광 역시 거들었다.

눈앞에서 철기방을 놓친 만큼 계광의 심기는 그리 좋지 않았다.

그리고 그건 계광의 옆에 앉아 있는 성승 역시 마찬가지였다.

늘 그렇듯이 인자한 표정이었으나 두 눈을 감고 있어 그가 무슨 생각을 하는지 알 수는 없었다.

"겨울이 오기 전에 끝내든지, 아니면 내년을 기약할지에 대해서."

"으음!"

이어지는 사천당가주의 말에 총군사직을 맡고 있는 제갈민이 침음을 흘렸다.

안 그래도 그 역시 가장 큰 고민이 바로 이것이었다.

중원수호맹이 창설되긴 했으나 아직 많은 문제가 산재해 있었다.

심지어 아직 맹주는 정해지지도 않은 상태였다.

"개인적으로는 겨울이 오기 전에 끝내는 게 좋을 것 같은데. 지금이 적기라고 생각하기도 하고. 소모되는 자금 때문이 아니라 시기상으로 말이지."

"확실히 숫자의 차이는 지금 크지 않지요. 하지만 그래도 아직 중원수호맹보다 많습니다."

제갈민이 냉정하게 말했다.

유하성과 이춘상의 활약으로 세 배 가까이 났던 수적 열세는 많이 사라진 상태였다.

폭발적으로 증가하던 숫자도 확실하게 주춤한 상태였고.

거기다 사기 역시 많이 진작되어 있는 상태였으나 냉정하게 말하면 이제 비슷해진 수준이었다.

"시간이 흐른다고 우리의 전력이 더 나아지리라는 보장은 없지 않나. 하지만 번천회는 다르지. 폭정단과 폭혈단이 있는 만큼 언제라도 전력 수급이 가능해. 막말로 일반 양민에게 강제로 폭혈단을 먹이고 이쪽으로 던져도 되는 일이고."

"……맞습니다."

사천당가주의 말도 일리는 있었다.

확실하게 전력증가가 이루어진다면 이대로 겨울을 보내는 것도 나쁘지 않았다.

그러나 문제는 그걸 확신하지 못한다는 점이었다.

"거기다 사기도 더할 나위 없이 좋은 상태이고. 굳이 번천회에 시간을 더 줄 필요는 없다고 보는데."

"하지만 당가주님도 보시지 않았습니까. 벽력문도 아니고 철기방이 서른 개가 넘는 진천뢰를 한 번에 던지는 것을요. 그게 사천당가의 무사들에게 쏟아진다고 생각해 보시죠."

"음!"

사천당가주도 침음을 흘렸다.

그야 피하거나 막을 수 있겠지만 다른 이들은 아니었다.

그렇기에 사천당가주는 말문이 막혔다.

"수적으로 비슷해졌다고 하나 여전히 우리보다는 많습니다. 더욱이 현재 번천회에 남아 있는 문파들과 세가들은 낭인들과 일반 양민들과 달리 마음대로 떠날 수도 없는 상태이고요."

"그렇지. 배신자는 돌아올 곳이 없는 법이니까."

"하지만 한번 배신했으니 또 배신하지 말라는 법도 없지 않소이까."

제갈민의 말이 끝나기 무섭게 모용세가주와 하북팽가주가 입을 열었다.

냉철하게 상황을 판단하는 건 중요했으나 너무 부정적으로 생각할 필요는 없다고 생각해서였다.

물론 그렇다고 해서 배신한 이들을 용서해 줄 마음은 없었다.

그러나 분열을 일으키는 것 정도는 필요하다고 생각했다.

어차피 서로가 서로를 확실하게 믿지는 못할 테니까.

그런 만큼 파고들 여지는 충분히 있었다.

"번천회가 바보가 아닌 이상 배신에 따른 대비는 하고 있을 거라고 생각합니다. 십천 중에는 하오문도 있으니까요. 거기다 흑점의 정보력도 무시할 수준은 절대 아닙니다."

"그럼 총군사는 내년을 기약하자는 건가?"

"정확하게는 신중하게 생각해 볼 필요가 있다고 생각합니다."

"신중하게라."

사천당가주가 무거운 어조로 중얼거렸다.

마음 같아서는 당장 일독문을 갈아 먹고 싶은 게 그의 심정이었다.

하지만 일독문은 번천회의 십천 중 한 곳인 만큼 사천당가 혼자서는 버거웠다.

일독문 대 사천당가, 이렇게 붙는다면 또 모르겠지만.

"총군사의 생각을 듣고 싶소이다."

"저 역시 가급적이면 올해 안에, 겨울이 오기 전에 끝내고 싶습니다. 중원의 혼란은 새외무림이 침략할 여지를 주는 것이니까요. 그렇기에 최대한 빨리 해결하는 것에 저도 동의합니다. 다만 제가 말씀드리고 싶은 것은 무작정 공격하기보다는 좀 더 준비를 한 후에 전쟁을 치르는 게 더 낫지 않나 생각합니다. 우선 전장은 절대 번천회가 원하는 곳으로 하면 안 됩니다. 수적으로도 불리한데 장소까지 저들에게 유리하면 저희가 너무나 불리합니다."

계광이 고개를 주억거렸다.

그리고 해서 무작정 공격하자는 게 아니었다.

언제까지 기다릴 수 없다는 것뿐.

더욱이 피해를 최대한 줄이고 싶은 건 계광뿐만 아니라 모두가 같은 생각일 터였다.

"하면 그 준비를 하는 데 얼마나 걸릴 것 같나?"

납득하는 계광과 달리 강경파라 할 수 있는 사천당가주는 다시 한번 물었다.

아들의 죽음 이후 하루하루가 고통의 연속이었다.

복수를 하기 전까지는 제대로 잠을 잘 수도 없을 것 같기에 사천당가주는 붉게 충혈된 눈으로 제갈민을 쳐다봤다.

"가장 좋은 방법은 십천을 각개격파 하는 것입니다. 숫자가 많다고 하나 핵심은 결국 십천이지요. 십천이 무너진다면 번천회 역시 함께 무너질 가능성이 큽니다. 그러나 그걸 십천 역시 알고 있지요. 그렇다면 저는 그걸 역으로 이용할까 합니다."

"역으로?"

사천당가주는 물론이고 다른 이들도 궁금한 표정으로 제갈민을 쳐다봤다.

그러자 제갈민은 자신에게 향한 시선들을 한 명 한 명 마주하며 말을 이었다.

"아예 번천회의 총단을 고립시켜 버리는 겁니다. 번천회가 좋은 위치를 선점했다면, 그걸 주고 나머지를 중원수호맹이 차지하는 거지요."

"고립시켜서 말려 죽이겠다?"

"예. 인원이 많다는 건 그만큼 물자 역시 많이 필요하단 걸 뜻합니다. 특히나 벽력문과 귀단문의 경우 필요한 물자가 더더욱 많을 수밖에 없지요."

"그렇지. 화탄과 환약에 들어가는 재료가 상당할 테니까. 거기다 겨울이 오면 힘들어지는 건 번천회도 마찬가지니."

사천당가주가 턱을 쓰다듬었다.

무인이라고 해서 전부 다 한서불침인 건 아니었다.

웬만한 절정고수도 이루지 못한 경지가 한서불침이었다.

거기다 무인도 먹어야 사는 인간인 건 똑같았다.

"서서히 피를 말려 죽인다라. 어쩌면 번천회에서 먼저 튀어나올 수도 있겠습니다."

모용세가주를 비롯해서 각파의 수장들이 서로를 쳐다봤다.

곰곰이 생각해 보니 나쁘지 않은 전략 같아서였다.

물론 모두가 다 그런 생각인 건 아니었다.

강경파라 할 수 있는 이들은 여전히 살짝 불만이 남아 있었다.

"방주님께서는 어떻게 생각하십니까?"

"나보다는 성승께 물어보는 게 낫지 않겠어? 정식 맹주는 아니지만 임시 맹주라고 할 수 있으니까."

"아미타불."

제갈민이 묻기 무섭게 자신에게 결정을 떠넘기는 취선의 대답에 각현이 불호를 외웠다.

그런데 다들 그녀와 같은 생각인지 소곤거리던 걸 멈추고 각현을 쳐다봤다.

武當霸王
무당
패왕

"나도 궁금하군."

거기에 명천도 말을 이었다.

셋 다 같은 배분이기에 아무래도 다른 이들과 비교하면 편할 수밖에 없었다.

"빈승 역시 나쁘지 않다고 생각합니다."

"달리 말하면 썩 시원치는 않다는 느낌인데."

"아미타불."

명천의 말에 각현은 긍정도 부정도 하지 않았다.

불제자로서 살계를 연 만큼 각현에게 망설임은 없었다.

다만 한 가지 바람이 있다면 피를 최대한 적게 흘렸으면 싶었다.

중원수호맹은 당연하고 번천회 역시 말이다.

"초, 총군사님!"

그때 대회의실 밖이 소란스러워졌다.

동시에 다급한 뜀박질 소리도 들렸다.

"들어오세요."

"버, 번천회에서 본 맹에 서신을 보냈습니다. 십천이 보낸 듯합니다!"

"주시지요."

대회의실에 들어오기 무섭게 황급하게 입을 여는 무사에게 제갈민이 차분하게 말했다.

그러자 그 분위기에 감화되듯 무사의 흥분 역시 가라앉았다.

"여기 있습니다."

"흐음. 십천의 전언이라."

한달음에 뛰어온 무사가 제갈민에게 밀봉된 서신을 건넸다.

그런데 그 모습에 취선과 사천당가주가 미간을 좁혔다.

시기가 상당히 절묘해서였다.

특히 사천당가주는 께름칙한 눈빛으로 밀봉되어 있는 서신을 쳐다봤다.

"왜 그러십니까?"

"독이 묻어 있을 가능성도 있으니까. 중독의 증상을 조절하는 게 불가능은 아니고."

"그럼 확인해 주시겠습니까?"

제갈민의 말에 사천당가주가 자리에서 벌떡 일어나 성큼성큼 다가갔다.

그러고는 빠르게 확인했다.

하지만 다행히 저급한 짓은 하지 않은 듯했다.

"무슨 내용인가?"

사천당가주가 확인해 주기 무섭게 서신을 확인한 제갈민의 얼굴에 묘한 기색이 떠올랐다.

그걸 가장 먼저 알아차린 취선이 호리병을 홀짝이며 물었다.

"번천회 역시 전쟁을 내년까지 끌고 갈 생각은 없는 듯합니다."

"호오."

취선은 물론이고 다른 이들이 동시에 눈을 빛냈다.

짧은 한마디에서 많은 걸 유추할 수 있어서였다.

그런 이들을 향해 제갈민은 서신에 대한 내용을 천천히 읊기 시작했다.

광활한 평야의 남쪽과 북쪽에서 어마어마한 인원이 나타나기 시작했다.

바로 번천회와 중원수호맹이었다.

남쪽에서는 번천회가 북진하는 중이었고, 반대로 북쪽에서는 구파일방과 오대세가를 위시한 중원수호맹이 남하하고 있었다.

"넌 개방이 모여 있는 곳으로 가야 하는 거 아냐?"

"바늘 가는 데 당연히 실이 가야지."

무당파의 제자들과 함께 이동하고 있던 유하성이 헛웃음을 흘리며 이춘상을 쳐다봤다.

자신이야 무당파의 일개 속가제자라지만 이춘상은 달랐다.

취선의 제자이며 개방주의 후계자가 바로 이춘상이었다.

한데 이춘상은 개방의 제자들이 모여 있는 곳이 아닌 그의 옆에 있었다.

"후개가 여기 있어도 돼?"

"그럼 네가 같이 갈래? 난 후개지만 넌 그냥 속가제자잖아."

"흠흠!"

단어가 너무 적나라해서일까.

유하성과 나란히 이동하던 원일이 헛기침을 했다.

틀린 말은 아니었으나 어감이 썩 좋지는 않아서였다.

제51장 십천 대 천하십대고수

"그래도 난 이곳에 있어야지."

"맞습니다. 사숙께 의지하는 제자들이 많습니다."

원일이 진지하게 말했다.

여전히 유하성은 아는 제자들보다 모르는 제자들이 훨씬 많았다.

하지만 중요한 건 유하성이 모르는 무당파의 제자들은 있지만 유하성을 모르는 제자는 없다는 점이었다.

명천과 무율만큼이나 무당파의 제자들이 믿고 의지하는 게 바로 유하성이었다.

"다 큰 어른들이 의지하면 쓰나."

"이 소협도 의지하시지 않습니까."

"나는 걱정이 되어서 그러는 거고."

이춘상이 으스대듯 말했다.

친구로서 걱정된다는 듯이 말이다.

그러나 그 말에 원일은 물론이고 유하성도 피식 웃었다.

"이번에 마지막 십천에 대해서 알게 되겠네."

묵직한 상의를 신줏단지 다루듯이 소중히 안고 있는 이춘상을 일별하며 유하성이 먼지구름이 짙게 일어나는 남쪽을 쳐다봤다.

총단에 모여 있는 전력 대부분을 대동한 중원수호맹과 마찬가지로 번천회 역시 모든 이들을 데리고 온 모양인지 규모가 상당했다.

"그럴 수도 있고, 아닐 수도 있지. 꼭 나타날 거라는 보장은 없으니까."

"네 말도 맞아. 끝까지 꼭꼭 숨겨 둘 수도 있고."

"근데 자신감이 대단하네. 이건 어떻게 보면 정면승부잖아. 화탄과 환약을 사용하지 않고도 이길 수 있다는 자신감의 표현이니까."

"그렇지."

유하성은 물론이고 원일도 고개를 주억거렸다.

두 사람이 보기에도 번천회의 전언은 도전장과 다름없어서였다.

그래서인지 천하십대고수의 표정들이 심상치 않았다.

구파일방과 오대세가의 수장들도 마찬가지였고.

"우리 사부님도 티는 안 내지만 자존심에 상처를 입으신 모양이야."

"그래?"

"응. 거기다 십천에는 당한 것도 많으니까."

이춘상이 슬쩍 유하성의 귀에 입을 가져가며 속닥거렸다.

이런다고 한들 안 들리는 것도 아닌데 말이다.

"중원수호맹으로서는 나쁘지 않지. 이를 가는 곳도 많고."

"거기다 불편한 만남도 예정되어 있지. 난 마지막이 다를 거라고 예상한다."

의미심장한 표정으로 이춘상이 말했다.

어쩌면 번천회가 그들을 믿을 수 없어 이런 판을 만들었을 지도 몰랐다.

원하는 대로 된다면 더할 나위 없이 좋을 테고, 그게 아니 라면 일종의 배수진이었다.

싸우든가, 죽든가 둘 중 하나만 선택하라는.

"우리 쪽도 준비는 많이 했으니까."

"역으로 한 방 제대로 먹여야지."

이춘상이 두 눈을 형형하게 빛냈다.

표정은 웃고 있었으나 눈빛은 아니었다.

번천회에, 특히 십천 중 천하수로채에 당한 방도들이 떠 오른 모양인지 이춘상의 목소리에는 은은한 살기가 서려 있었다.

"변수는 벽력문과 귀단문일 것 같습니다."

원일이 안력에 내공을 집중하며 번천회 쪽을 살폈다.

아무래도 진천뢰를 대량으로 가지고 있을 게 분명하기에 원일은 가장 큰 변수가 벽력문이라고 생각했다.

개개인의 무력은 별 볼 일 없겠으나 거기에 귀단문의 폭정단과 폭혈단에 합쳐진다면 이야기가 달라졌다.

"벽력문이 가장 큰 변수이긴 하지. 정확하게는 진천뢰가."

"누가, 얼마나 가지고 있을지 알 수가 없으니까. 지금까지 계속 비축해 두었을 텐데."

유하성의 말을 받으며 이춘상이 입맛을 다셨다.

그 역시 개인으로서는 꽤나 많은 화탄을 가지고 있었으나 벽력문에 비할 바는 아니었다.

때문에 이춘상 역시 벽력문을 제일 큰 변수로 꼽았다.

그리고 다행인 건 이곳이 일종의 중립지대라는 점이었다.

"제갈세가가 준비한 게 잘되기를 바라야지."

"나와라, 일독문주!"

유하성의 육안으로도 얼굴만 겨우 보일 정도로 상당한 거리를 두고서 두 세력이 멈춰 섰다.

보통의 무인에게는 까마득한 간격이나 마찬가지였는데 사천당가주이자 천하십대고수의 일인인 독제(毒帝)가 대뜸 앞으로 튕겨져 날아가며 소리쳤다.

급한 성정을 여지없이 드러내며 일독문주를 불렀던 것이
다.

휘이익!

그런데 일독문주 역시 망설이지 않았다.

기다렸다는 듯이 사천당가주를 향해 달려 나갔던 것이다.

하지만 살기등등한 기세와 달리 사천당가주와 일독문주의
대결은 고요했다.

서로를 마주 보며 가만히 있었던 것이다.

치이익!

그러나 싸우지 않는 건 절대 아니었다.

오히려 그 누구보다 치열하게 대결하는 중이었다.

둘 다 독의 대가답게 독공으로 싸우고 있었는데 어느새 두
사람 주위에 독연이 자욱하게 피어올랐다.

두 사람에게서 흘러나온 독기가 주변을 잠식해 가는 것이
었다.

"우리도 못다 한 승부를 내야 하지 않겠나, 성승?"

"아미타불!"

모두의 시선이 사천당가주와 일독문주에게 향할 때 중저
음의 목소리가 평야를 갈랐다.

그리고 철갑기마대가 모습을 드러냈다.

바로 철기방주가 위풍당당하게 등장하며 당대의 천하제일
인이라 할 수 있는 각현을 불렀던 것이다.

그 목소리에 각현 역시 망설이지 않고 앞으로 나섰다.

"사부님. 준비하고 있겠습니다."

"그래."

등 뒤에서 들려오는 계광의 목소리에 각현은 돌아보지 않고 고개를 주억거렸다.

그러고는 성큼성큼 다가오는 철기방주를 향해 미끄러지듯이 나아갔다.

절정의 경신술을 선보이며 빠르게 거리를 좁혔던 것이다.

그러면서 각현은 천천히 철기방주에게 다가오는 철갑기마대를 주시했다.

지난번처럼 철기방주가 위험하다 싶으면 언제라도 달려들 것임을 잘 알아서였다.

하지만 이번에는 그렇게 나와도 쉽게 벗어날 수 없을 것이었다.

"응?"

한껏 거만한 얼굴로 다가오던 철기방주의 두 눈이 살짝 커졌다.

각현의 뒤로 소림승들이 다가오는 게 보여서였다.

그것도 하나같이 스님답지 않게 살벌한 안광을 흩뿌리며 다가오는 모습에 철기방주가 비릿하게 웃음을 머금었다.

움직이는 모습에서 소림승들의 생각을 알 수가 있어서였다.

"우리도 풀어야 할 문제가 있다고 생각하는데, 취선?"

"꼬맹이가 겁도 없구나."

"할망구를 무서워하는 게 더 이상하지 않나?"

철기방주에 이어 천하수로채의 총채주도 천천히 걸어 나왔다.

대담하게도 취선을 지목하면서 말이다.

그 모습에 호리병을 홀짝이던 취선이 어처구니없다는 표정을 지었다.

십천 중 하나라고 하나 천하수로채는 다른 이들에 비해 무게감이 떨어지는 게 사실인데 그런데도 자신을 지목하자 어이가 없었다.

저벅저벅.

뒤이어 총표파자와 흑점주도 움직였다.

각자 천하십대고수들을 한 명씩 지목했던 것이다.

"네놈도 나와야지?"

"후후후!"

물론 반대의 경우도 있었다.

유하성의 곁에 있던 명천이 먼저 앞으로 나서며 귀단문주를 불렀던 것이다.

그러자 귀단문주가 재미있다는 듯이 웃으며 걸어 나왔다.

"저번에 마무리 짓지 못한 승부를 내야지."

"그쪽의 패배로 기억하는데."

"패배는 무슨. 살짝 지쳤던 것뿐이다."

명천이 단호하게 반박했다.

지난번의 승부는 공평하지가 않았었다.

그렇기에 명천은 이번에 제대로 알려 줄 생각이었다.

제대로 붙으면 어떤 결과가 나오는지 말이다.

"검선이 변명을 할 줄은 몰랐는데."

이를 드러내며 말하는 명천의 모습에 귀단문주가 이죽거
렸다.

그에게는 변명으로밖에 들리지 않아서였다.

"이번에는 네놈이 변명을 하게 될 거다."

"글쎄."

꽈아아앙!

명천과 귀단문주의 격돌에 땅이 진동했다.

절대고수들의 대결에 지진이 일어났던 것이다.

그런데 그와 같은 일이 곳곳에서 벌어졌다.

천주들과 천하십대고수들의 대결에 허공과 대지가 비명을
질러 댔다.

꿀꺽!

경천동지라는 말이 절로 떠오르는 절대고수들의 싸움에
중원수호맹은 물론이고 번천회 쪽도 바짝 긴장한 표정으로
전투를 지켜봤다.

저들의 승패에 따라 전쟁의 향방이 정해질 가능성이 커서

였다.

"제갈세가는 벌써 움직이네."

구파일방과 오대세가의 무인들조차 경외 어린 표정으로 절대고수들의 격전에서 눈을 떼지 못하고 있는데 유일하게 제갈세가만이 달랐다.

총군사이자 가주인 제갈민의 지시에 따라 은밀하게 벽력문의 정면 쪽으로 이동했던 것이다.

그걸 이춘상과 유하성만은 알아차렸다.

"인질들도 제갈세가에서 관리하고 있지?"

"응. 공공문이 분명히 움직일 테니까. 당장 지금만 하더라도 공공문과 하오문은 안 나서고 있잖아. 벽력문이야 원래 예상했던 대로고."

"제갈세가만으로는 버거울 것 같은데."

천천히 이동하는 제갈세가의 현천대를 보며 유하성이 턱을 쓰다듬었다.

공공문이 도둑 출신들이 모여 만든 문파라고 하나 그래도 십천의 일좌를 차지하고 있는 곳이었다.

그런 만큼 제갈세가에만 전부 맡기는 건 좋지 않다고 생각했다.

"총군사께서 그걸 모를까. 다 대비했을 거다."

"그렇다면 다행이지만."

"근데 엄청나긴 하다. 저게 천하십대고수란 말이지."

이춘상이 살짝 질린 표정을 지었다.

과연 천하십대고수라는 말이 절로 떠오를 정도로 천주들과의 싸움은 압권이었다.

하나하나가 치명적이고 위협적인 초식과 공격에 이춘상은 자기도 모르게 마른침을 삼켰다.

사부가 취선인 만큼 천하십대고수라 불리는 이들이 얼마나 괴물같이 강한지는 잘 알고 있었다.

그러나 직접 보니 정말 상상 이상이었다.

만약 자신이 저곳에 있었다면 일 초식도 제대로 막아 내지 못하고 갈려 나갈 게 분명했다.

"흐음."

반면에 유하성은 반응이 사뭇 달랐다.

기가 질린 이춘상과 달리 유하성은 담담하게 천하십대고수와 천주들의 대결을 주시했던 것이다.

그뿐만 아니라 유하성은 아직 싸움에 나서지 않은 벽력문과 하오문, 그리고 아직도 등장하지 않은 마지막 십천을 찾았다.

"너는 다른 곳이 눈에 들어오냐?"

"나름 다 보고 있다. 이런 기회는 흔치 않으니까."

"보통은 저렇게 되는 게 정상인데 말이지."

이춘상이 원일을 비롯해서 구대문파의 제자들을 눈짓했다.

방금 전의 그와 마찬가지로 다들 격전지에서 눈을 떼지 못하고 있었다.

제대로 보는 이는 그리 많지 않겠지만 다들 알고 있는 것이다.

절대고수들의 싸움을 볼 수 있는 기회가 흔치 않다는 걸 말이다.

"컥!"

그때 거친 금속음과 폭발 사이로 피를 토하는 듯한 신음 소리가 들렸다.

바로 취선에게 당당히 도전장을 내밀었던 천하수로채의 총채주가 토해 낸 신음 소리였다.

달리 수천주(水天主)라 불리는 그는 취선의 일장을 맞고 볼썽사납게 바닥을 굴렀다.

호기롭게 도전했으나 결과는 패배였다.

"멈춰라!"

"애초에 기대도 안 했다."

수천주가 바닥을 나뒹굴기 무섭게 번천회의 진영에서 백발이 성성한 노괴가 포효하며 솟구쳤다.

바로 황하수로채의 총채주였다.

그는 마치 이런 상황을 예상했다는 듯이 전력질주로 달려와 창을 찔렀다.

취선이 더는 수천주에게 접근하지 못하도록 창탄강기를

쏘아 낸 것이었다.

터엉!

벼락처럼 쇄도한 강기였으나 취선은 어렵지 않게 호리병을 들고 있는 왼손의 손등으로 튕겨 냈다.

황하의 지배자라고 하나 그녀에게는 한낱 수적에 불과했다.

더욱이 방금 전에 쓰러뜨린 수천주보다도 약한 게 황하수로채의 총채주였기에 취선은 날아오는 강기를 튕겨 내는 것과 동시에 땅을 박찼다.

이참에 수천주는 물론이고 황하수로채의 총채주도 처리할 작정이었다.

'전력을 줄일 수 있을 때 최대한 줄여 놓아야지.'

그녀에게나 약해 빠진 수적 놈들이지 다른 무인들에게는 아니었다.

군소방파의 수장들에게는 버거운 상대가 두 노괴였기에 취선은 이참에 둘을 처리하기로 마음먹었다.

파아앗!

한데 그때 그녀의 발밑에서 흙이 솟구쳤다.

그리고 한 줄기 섬광이 번뜩였다.

지둔술로 숨어 있던 누군가가 절묘한 순간에 취선을 기습했던 것이다.

"흡!"

정말 상상조차 하지 못한 일이라 천하의 취선도 깜짝 놀랐다.

설마하니 전장 한복판에서 이런 기습을 당할 줄은 꿈에도 예상하지 못해서였다.

그러나 완벽한 기습에도 취선은 놀라운 대응을 보여 주었다.

당황한 와중에도 상처는커녕 단검에 긁히지도 않으며 되레 발을 이용해 품속으로 파고드는 적을 날려 버렸다.

"케헥!"

정확히 턱주가리를 날려 버리는 일격에 공공문도가 비명을 지르며 허공에 포물선을 그렸다.

제대로 들어간 일격에 그대로 기절한 것이었다.

"차합!"

"죽여 주마!"

공공문도는 목표를 달성하지는 못했으나 한 가지는 확실하게 도움이 되었다.

수천주가 몸을 추스를 시간만큼은 확실하게 벌어 주었던 것이다.

그리고 그 시간을 수천주와 황하수로채의 총채주는 놓치지 않았다.

재차 기습하듯 양쪽에서 취선을 공격했던 것이다.

"흥!"

하지만 그 모습에도 취선은 코웃음을 쳤다.

둘이 협공한다고 해서 달라질 건 없어서였다.

그 사실을 증명하듯 취선은 오히려 둘을 밀어붙였다.

"끄윽!"

그러나 다른 곳의 상황은 이곳과 사뭇 달랐다.

특히 흑점주와 싸우던 아미파의 복호창존(伏虎槍尊)은 신음과 함께 검은 피를 흘리며 주춤주춤 물러났다.

그런 그녀의 왼쪽 가슴에는 구멍이 뻥 뚫려 있었다.

심장이 있는 자리에 손바닥만 한 구멍이 있었던 것이다.

"창존도 별거 아니군."

"부, 분하도다……!"

흑점주가 이죽거렸다.

천하십대고수라 불리며 중원무림을 호령하던 그녀였으나 이제는 과거의 존재가 될 것이었다.

그리고 그 자리에는 자신이 있을 터였다.

새로운 무림의 하늘로서 말이다.

"컥!"

그때 또 다른 신음 소리가 들려왔다.

바로 총표파자이자 녹천주(綠天主)라 불리는 그가 일성이선 삼제사존 중 곤륜파의 비존(飛尊)을 쓰러뜨리는 소리였다.

산적들의 우두머리가 곤륜파의 장문인을 무너뜨리자 아미파에 이어 곤륜파의 제자들 역시 경악을 금치 못했다.

상상도 못 한 상황에 다들 당황한 것이었다.

"크윽!"

거기다 사천당가주의 상황도 썩 좋지 않았다.

가장 먼저 일독문주와 대결을 벌였던 그는 얼굴이 반쯤 녹아내린 상태로 신음을 흘리고 있었다.

물론 일독문주의 상태도 썩 좋은 건 아니었으나 문제는 역시 공공문이었다.

푸욱! 푹!

취선을 노린 것과 마찬가지로 공공문도들은 땅속에 숨어 있다가 사천당가주를 기습했다.

사천당가주가 가장 약해진 틈을 타 공격한 것이었다.

두 자루의 단검이 몸에 박히자 사천당가주가 비틀거렸다.

하지만 순순히 당하기만 하지는 않았다.

"그르륵!"

"큭!"

공격을 허용하되 사천당가주는 확실하게 두 명을 절명시켰다.

사혈을 가까스로 피해 내면서 두 명의 공공문도에게 하독한 것이었다.

그러나 이미 몸 상태가 최악인 상태에서 기습을 당했기에 사천당가주는 비틀거리며 한쪽 무릎을 꿇었다.

적을 앞에 두고 절대 쓰러지지는 않겠다는 듯이 말이다.

"내가 이겼다."

"닥쳐라. 비겁하게 협공한 주제에!"

"큭큭! 무슨 수를 썼든 살아남는 놈이 강자인 거다. 죽은 놈은 말이 없는 법이지."

"가주님!"

등 뒤에서 가솔들의 다급한 목소리가 들려왔다.

몰려오는 일독문도들의 모습을 보고 사천당가의 무인들 역시 황급히 달려오는 것이었다.

"맞아. 죽은 새끼는 말이 없는 법이지."

"어, 어떻게 그걸!"

몸에 박힌 두 자루 단검으로 인해 사천당가주는 오른쪽 다리와 왼팔을 움직일 수 없는 상태였다.

하지만 달리 말하면 아직 오른손이 멀쩡하다는 뜻이기도 했다.

그래서 사천당가주는 같잖게 허세를 부리는 일독문주를 쳐다보며 품속에서 작은 목함을 꺼냈다.

일독문주가 절대 몰라볼 수가 없는 목함을 말이다.

"독인(毒人)이라고 해서 꼭 독공만 사용하라는 법은 없지."

"젠장!"

천천히 진천뢰를 꺼내는 모습에 일독문주가 몸을 돌렸다.

그러나 반쯤 녹아내린 몸은 그의 뜻대로 움직이지 않았다.

게다가 수하들은 아직 멀리 있기에 그가 할 수 있는 건 날아오는 진천뢰를 그저 바라보는 것밖에는 없었다.

꽈아아앙!

"문주님!"

아련하게 들리는 수하들의 애절한 목소리와 함께 일독문 주의 시야가 사라졌다.

진천뢰의 폭발로 즉사한 것이었다.

"모두 죽여라!"

하지만 사천당가주는 승리를 만끽할 새가 없었다.

그의 싸움은 끝났으나 다른 곳은 그렇지 않아서였다.

특히 철갑기마대는 역시나 예상했던 대로 철기방주가 위기에 빠지기 무섭게 각현에게 달려들었다.

다만 지난번과 다른 점이 있다면 철갑기마대가 합류할 기미를 보이기 무섭게 소림사도 움직였다는 것이었다.

"이번에는 절대 놓치지 마라!"

"예!"

특히 선두로 치고 나가는 계광의 기세가 대단했다.

팔대호법과 함께 나한승을 이끌었는데 뒤따르는 나한승들의 숫자가 정확히 백팔 명이었다.

철갑기마대를 상대하기 위해 처음부터 백팔나한진을 준비한 것이었다.

그런데 변수는 또 있었다.

"적이다!"

"이놈들! 또 지둔술로!"

번천회는 정면대결만 고집하지 않았다.

정정당당한 대결을 하자고 떠들었지만 그걸 그대로 지킬 생각은 없었다.

결국 중요한 건 결과라고 생각해서였다.

애초에 번천회는 정도(正道)를 표방하지 않았기에 할 수 있는 모든 방법을 사용했다.

"저, 저건!"

천주들이 천하십대고수를 상대할 동안 땅속으로 중원수호맹의 후방까지 이동한 공공문도들은 일제히 솟아오름과 동시에 품속에 양손을 넣었다.

고이 챙겨 둔 진천뢰를 꺼낸 것이었다.

"모두 뒈져 버려!"

소매치기 시절부터 단련된 빠른 손놀림으로 공공문도들이 두 개의 목함을 동시에 열고서는 진천뢰를 쥐었다.

그러고는 그대로 중원수호맹의 진영을 향해 던졌다.

정확히 약속된 위치에 겹치지 않고 일제히 던진 것이었다.

설명은 길었으나 일련의 동작은 간결하고 신속했다.

"터트려!"

하지만 안타깝게도 결과는 계획대로 나오지 않았다.

이에 따른 대비가 다 되어 있어서였다.

갑작스러운 등장에 놀라긴 했으나 딱 거기까지였다.

중원수호맹의 무인들은 재빨리 놀란 마음을 추스르고는 날아오는 진천뢰를 향해 철전과 은자에 내공을 실어 던졌다.

꽈과과광!

진천뢰를 허공에서 터트려 버렸던 것이다.

그 광경에 기습을 했던 공공문도들이 하나같이 곤혹스러운 기색을 띠었다.

설마하니 이렇게 완벽하게 막아 낼 줄은 몰라서였다.

"전부 죽여!"

"피, 피해!"

폭발의 여파로 다친 자들은 있었으나 생사를 오가는 중상을 입은 이는 없었다.

그렇기에 중원수호맹은 곧바로 반격했다.

얼빠진 공공문도들을 향해 일제히 달려들었던 것이다.

그 모습에 공공문도들이 기겁하며 사방팔방으로 흩어졌다.

"어딜 도망치려고!"

"단 한 명도 빠져나가지 못한다!"

뿔뿔이 흩어지는 공공문도들을 향해 중원수호맹의 무인들이 무시무시한 기세로 추격했다.

사전에 들은 총군사 제갈민의 지시대로 확실하게 처리했던 것이다.

꽈앙! 꽈과과광!

후방이 정리되기 무섭게 이번에는 전방에서 거대한 폭발이 일어났다.

지금껏 잠자코 있던 벽력문이 드디어 움직이기 시작했던 것이다.

말 그대로 진천뢰를 쏟아 내는 벽력문의 모습에 제갈민의 양손 역시 바삐 흔들렸다.

벽력문을 막기 위해 현천대를 움직였던 것이다.

"끄아아악!"

"꺼헉!"

그런데 문제는 또 있었다.

벽력문과 함께 지금까지 꼭꼭 숨겨져 있었던 마지막 천주가 움직인 것이었다.

진천뢰를 이용해 벽력문이 전장을 흔들기 무섭게 작고 기괴한 이들이 쏟아져 나왔다.

팔다리가 없거나 혹은 기이하게 비틀린 이들이 갑자기 나타나서는 전장을 휩쓸었다.

스극! 슥!

정상적인 사람이라고 보기 힘든 모습이었으나 더 놀라운 건 그들의 실력이었다.

몸이 불편한데도 움직임은 하나같이 빠르고 강력했다.

거기다 괴이하기까지 하니 중원수호맹의 무인들이 속수무책으로 당했다.

"막아라!"

"혼자서 안 되면 둘이서, 동료들과 함께 싸워!"

벽력문과 기괴한 이들이 가세했을 뿐인데 전황은 말 그대로 뒤집어졌다.

다행히 벽력문은 제갈민과 제갈세가가 철저한 대비로 어찌어찌 막아 내고 있었으나 문제는 새로 등장한 십천이었다.

정체를 알 수 없는 강자들의 등장에 점창파와 청성파가 크게 흔들렸다.

뻐어어엉!

거기에 귀단문까지 합류하니 중원수호맹의 진영 한쪽이 무너졌다.

압도적인 힘으로 찍어 누르니 좀처럼 버티질 못했던 것이다.

오대세가의 두 곳인 모용세가와 하북팽가가 힘을 합쳤음에도 오히려 밀리는 쪽은 두 가문이었다.

"차합!"

속수무책으로 밀리는 하북팽가와 모용세가의 모습에 남궁세가가 움직였다.

가주인 검제 남궁수를 필두로 귀단문에게 달려들었던 것이다.

그리고 난전이 되자 유하성도 무율과 함께 전장에 합류했다.

"네놈은 나와 볼일이 있을 텐데."

쿠웅!

이춘상과 나란히 달려가던 유하성이 멈칫거렸다.

흉포한 기세와 함께 그의 앞으로 장대한 체구의 중년인이 착지해서였다.

"총표파자!"

중년인을 본 이춘상이 반사적으로 소리쳤다.

생각지도 못한 인물의 등장에 놀란 것이었다.

"아참. 후개하고도 볼일이 있지. 우리 애들을 쥐 잡듯이 잡았더라고."

"산적만 쥐 잡듯이 잡았을까. 수적들도 만만치 않게 잡았지."

"크흐흐흐!"

자신을 앞에 두고도 전혀 기죽지 않는 이춘상의 모습에 총표파자가 웃음을 흘렸다.

그러나 웃음소리와 달리 그에게서 흘러나오는 건 진득한 살기였다.

끈적끈적하게 느껴지는 농밀한 살기에 유하성과 함께 움직이던 무율이 착 가라앉은 눈빛으로 총표파자를 노려봤다.

"제가 상대하겠습니다."

"……사제가?"

"예. 장문사형께서는 사백께 가 주시지요."

"여긴 제가 남겠습니다."

"너도 가. 혼자서도 충분하니까."

말을 거들던 이춘상이 두 눈을 동그랗게 떴다.

자신마저 보낼 줄은 몰라서였다.

그런데 유하성은 놀라는 이춘상과 무율에게 설명 대신 그저 씨익 웃어 보였다.

"알겠네."

"나 없이는 안 될 것 같은데?"

"후개답게 개방도들을 이끌어야지."

순순히 고개를 끄덕이는 무율과 달리 이춘상은 등을 떠밀어도 움직이지 않았다.

유하성이 강하다는 건 알지만 상대는 십천주 중 한 명이었다.

그것도 천하십대고수 중 한 명인 곤륜파의 비존을 쓰러뜨린 강자였기에 이춘상은 걱정을 숨기지 못했다.

-같이 상대하는 게 낫지 않겠어?

"혼자서도 좋고, 둘이서도 좋고, 셋도 괜찮다. 얼마든지 덤비라고."

마치 이춘상의 전음을 들은 것처럼 총표파자가 히죽 웃으며 말했다.

이춘상뿐만 아니라 무율이 협공해도 상관없다는 듯이 말이다.

하지만 유하성은 협공을 할 생각이 없었다.

"괜찮아."

"역시 무당권패로군. 패기가 대단해. 근데 걱정하지 않아도 된다. 네놈 다음에는 후개이니까."

"거기까지는 못 갈 것 같은데."

"크하하하!"

당돌하기 짝이 없는 유하성의 말에 총표파자가 파안대소를 터트렸다.

확실히 패기만은 권패라고 불리기에 모자람이 없어서였다.

"안 그래도 그쪽을 보고 싶기는 했어. 나도 받아 내야 할 빚이 있거든."

"그거 잘됐군. 서로 볼일이 있으니 말이야."

"원한다면 쉴 시간을 주지. 지쳐서 패배했다는 말은 나도 듣기 싫으니까."

"시간을 끌려는 건 아니고? 무당검선이 올 때까지 말이지. 날 확실하게 쓰러뜨릴 수 있는 이는 무당검선 정도는 되어야 하니까."

총표파자가 이죽거렸다.

대놓고 너는 내 상대가 아니라고 말했던 것이다.

더불어 현재 명천의 상황을 다시 한번 알려 주었다.

절대 이곳으로 올 수 없는 상황이라는 걸 말이다.

"사백께서 올 필요 없다."

"그 자신감이 과연 언제까지 갈지 궁금하군."

어깨에 걸치고 있던 자기 키만 한 거검을 늘어뜨리며 총표
파자가 조소를 머금었다.

그에게는 만용을 부리는 것으로밖에는 보이지 않아서였
다.

"말이 많아."

이춘상과 무율이 멀어진 걸 확인한 유하성이 땅을 박찼다.

일말의 망설임도 없이 먼저 총표파자에게 달려들었던 것
이다.

부우웅!

쇄도하는 유하성을 향해 총표파자가 거검을 휘둘렀다.

크고 무거운 거검답지 않게 너무나 가볍고 부드럽게 움직
였다.

그리고 빨랐다.

거검으로 쾌검을 펼쳤던 것이다.

스윽!

정확히 목을 노리고서 파고드는 검극에 유하성의 신형이
미끄러지듯이 움직였다.

섬전을 방불케 하는 속도임에도 유하성은 검로를 정확하
게 파악하고 있었던 것이다.

그러나 총표파자도 만만치 않았다.

유하성이 방향을 틀자마자 곧바로 반응했던 것이다.

쌔애액!

찌르기에서 단숨에 횡베기로 변한 초식이 순식간에 유하성의 옆구리로 파고들었다.

그를 양분할 기세로 맹렬하게 쇄도했던 것이다.

휘익!

거검이라고는 믿기 힘들 정도로 빠르고 정교한 공격이었으나 유하성은 이번에도 피해 냈다.

검신이 몸에 닿기 직전에 몸을 띄워 공격을 회피했던 것이다.

"흥!"

한데 그걸 총표파자는 가만히 지켜보지 않았다.

유하성이 일격을 피해 내자 곧바로 좌장을 내질렀다.

착지하는 순간을 정확히 노리고서 일장을 뿌렸다.

제52장 패왕의 탄생

꽈앙!

강기가 서린 일장이 정확히 유하성에 작렬했다.

정말이지 절묘한 순간에 피할 수 없는 일격을 날린 것이었다.

"흡!"

거구답게 솥뚜껑만 한 총표파자의 손바닥을 유하성은 양팔을 교차해서 막았다.

하지만 몸이 떠 있는 상태였기에 충격을 흘어 버리기가 쉽지 않았다.

그로 인해 튕기듯이 뒤로 날아가는데 총표파자가 달려들었다.

날아가는 유하성을 따라와 참격을 뿌렸던 것이다.

부우우웅!

묵직한 파공성과 함께 검강을 잔뜩 머금은 거검이 유하성의 정수리로 떨어져 내렸다.

기세를 몰아 단숨에 끝장내려는 것이었다.

'끝이다.'

여전히 두 발이 떠 있는 상태인 유하성을 직시하며 총표파자가 자신했다.

이번 일격으로 유하성의 몸이 양분될 것임을 의심하지 않아서였다.

태산조차 쪼개 버릴 정도의 힘이 실렸기에 총표파자는 유하성이 막을 거라고는 절대 생각하지 않았다.

막을 실력자였다면 이렇게 기세를 넘겨주지도 않았을 것이었다.

"권패라."

그런데 그때 나른한 목소리가 총표파자의 귓전을 때렸다.

궁지에 몰린 이의 목소리라고는 생각하기 힘든 목소리가 유하성의 입에서 흘러나왔던 것이다.

동시에 유하성에게서 거대한 기운이 폭발적으로 솟구쳤다.

그리고 그 거력은 거검의 검 면을 때렸다.

따아앙!

武當霸王
무당
패왕

검강이 서려 있던 거검이 속수무책으로 튕겨졌다.

그 정도로 유하성의 주먹에 담겨 있는 기운은 강력했다.

힘으로는 웬만해서 밀려 본 적이 없는 총표파자가 균형을
잃을 정도로 말이다.

"하압!"

하지만 그렇다고 해서 순순히 당하고만 있지는 않았다.

회심의 일격이 실패했다고 하나 고작 한 번의 공격이 막힌
것뿐이었다.

싸움은 지금부터가 시작이었기에 총표파자는 빠르게 애검
을 회수해서는 유하성을 향해 재차 휘둘렀다.

방심하지 않고 좀 더 힘을 실어서 굉천구검(轟天九劍)을 펼
쳤다.

꽈아앙!

천하십대고수의 일인인 곤륜파의 운중비존(雲中飛尊)을 몰
아붙였던 무공이자 그를 녹림십팔채의 우두머리로 만들어
준 검공이 바로 굉천구검이었다.

패도적인 무공 중에서는 천하에서도 손꼽힐 만한 무공이
라고 총표파자는 자부했다.

한데 그 굉천구검을 유하성은 정면으로 받아쳤다.

쌍권을 연달아 내지르며 굉천구검을 오히려 밀어붙였던
것이다.

"흐읍!"

심지어 충돌하면 충돌할수록 더더욱 강해지는 듯한 위력에 총표파자의 얼굴에 당혹감이 떠올랐다.

무당파의 무공 중에 이렇게 패도적인 무공이 있나 싶어서였다.

물론 유하성이 무당파의 제자답지 않다는 말은 들었으나 솔직히 말해 이 정도일 줄은 몰랐다.

무당권패라고 불린다지만 자신의 핑천구검에 비하면 손색이 있을 거라고 생각했는데 직접 겪어 보니 예상했던 것 이상이었다.

'그러나 아직 애송이다!'

총표파자는 이를 악물었다.

유하성이 강하다는 건 그도 알고 있었다.

귀단문의 소문주를 단신으로 쓰러뜨린 건 번천회에서도 유명했으니까.

다만 생각했던 것보다 더 강해서 잠시 당황한 것뿐이었다.

웅웅웅!

유하성의 실력과 재능은 인정하나 아직 그에 비하면 덜 여문 상태였다.

그래서 총표파자는 내공을 가일층 끌어올리며 비릿하게 웃었다.

경험이 얼마나 중요한지 그는 유하성에게 직접 가르쳐 줄 생각이었다.

武當霸王
무당패왕

꽝! 콰앙! 꽝!

더욱 강력한 기운을 머금은 거검이 유하성을 두들겼다.

단순히 막대한 공력을 이용해 찍어 누르는 귀단문의 소문주와 달리 총표파자는 산전수전을 다 겪은 무인이었다.

그렇기에 그는 힘만으로 유하성을 공격하지 않았다.

노련한 사냥꾼처럼 야금야금, 그러나 확실하게 유하성을 몰아붙였다.

촤하핫!

중간중간 발끝으로 모래를 뿌리거나 돌멩이를 날리는 것도 서슴지 않았다.

거기다 틈이 보이면 유하성의 두 눈에 침까지 뱉었다.

말 그대로 온갖 치졸한 짓은 다 했던 것이다.

하지만 그럼에도 유하성은 흥분하지 않았다.

쩌엉!

대신 무표정한 얼굴로 총표파자의 거검을 때렸다.

마지막 열 번째 타격을 했던 것이다.

그러자 지금까지와는 다른 충돌음이 들렸다.

꽹음이 아니라 무언가가 깨지는 듯한 소리가 거검에서 들려왔던 것이다.

"어……라?"

그리고 그 변화를 총표파자도 알아차렸다.

아니, 정확하게는 몸으로 느꼈다.

권강이 서려 있는 유하성의 주먹이 검극에 닿는 순간 찌릿한 감각이 전신을 꿰뚫는 듯한 느낌이 들었던 것이다.

동시에 검강에 휩싸여 있던 거검에 균열이 일어났다.

쩌적. 쩌저저적!

처음의 균열은 아주 작았다.

육안으로는 보이지 않을 정도였다.

그러나 미세한 균열은 순식간에 거검의 검신 전체로 퍼져 나갔다.

게다가 균열은 유하성의 손이 닿았던 거검에만 일어나는 게 아니었다.

울컥!

거검을 타고서 흘러들어 온 거력은 총표파자의 몸 전신으로 퍼졌다.

흉포하고 난폭한 기운이 그의 전신을 갈가리 찢어 버렸던 것이다.

그 결과 총표파자가 검게 죽은 피를 토했다.

"경험을 쌓은 건 당신만이 아냐."

"……이게 십단금인가."

검은 피로 흥건한 총표파자가 허탈하게 중얼거렸다.

패도적인 권격에 그는 당연히 처음에 받아 낸 무공이 십단금이라고 생각했다.

유능제강의 묘리를 기본으로 삼는 무당파에서 패도적인

무공으로 유명한 건 십단금밖에 없어서였다.

흔히들 장공(掌功)으로 알고 있으나 십단금은 권장수(拳掌手)의 틀에 구애받지 않는 무공이었다.

그래서 당연히 처음에 받아 낸 일격이 십단금이라고 생각했는데 그건 착각이었다.

진짜 십단금은 바로 지금의 것이었다.

"너무 자만하기도 했고."

투두두둑.

유하성의 말이 끝나기 무섭게 총표파자의 애검이 산산조각 나며 바닥으로 떨어졌다.

검병도 남기지 못하고 박살 난 것이었다.

그리고 그건 총표파자의 육신도 마찬가지였다.

지독한 내상과 함께 총표파자는 손가락 하나 까딱할 힘도 없었다.

"큭큭큭!"

"나 정도쯤은 힘이 빠져도 충분히 상대할 수 있다고 생각했겠지."

총표파자가 비틀린 웃음을 터트렸다.

차마 부정할 수가 없어서였다.

유하성의 말대로 그는 어렵지 않게 제압할 수 있을 거라 생각했었다.

요즘 떠오르는 신흥강자라고 하나 그에 비하면 애송이에

불과했고, 무려 사존의 한 명인 운중비존을 쓰러뜨렸으니까.

'근데 그 못지않은 강자일 줄이야.'

세인들은 유하성을 천하십대고수의 아래에 놓았다.

그 역시 마찬가지였고.

또한 그것만 하더라도 대단한 일이었다.

하지만 직접 겪어 본 유하성은 소문보다 더 강했다.

"형님!"

"이놈! 거기서 꼼짝도 하지 마라!"

그때 총표파자의 뒤에서 살기 가득한 고함 소리가 들렸다.

바로 그의 의형제이자 친위대라 할 수 있는 녹림십팔채의 채주들이 이쪽으로 몰려오는 소리였다.

그러나 그들이 아무리 빨라도 코앞에 있는 유하성보다 빠를 수는 없었다.

으득.

살기를 줄기줄기 내뿜으며 전력질주 해 오는 채주들을 응시하며 유하성이 총표파자의 목을 분질렀다.

꼼짝도 못 하는 상태였기에 너무나 쉽게 목을 부러뜨렸던 것이다.

그러자 괴성인지 비명인지 구분이 가지 않는 포효가 전장을 갈랐다.

채주들이 유하성을 갈아 버릴 기세로 울부짖었던 것이다.

쿠웅!

하지만 그런 그들의 진득한 살기에도 유하성은 별다른 반응을 보이지 않았다.

그저 짐짝처럼 육중한 총표파자의 시체를 옆에 던져 버리고는 무표정한 얼굴로 달려오는 채주들을 주시했다.

"으아아아! 형님!"

"절대 가만두지 않겠다! 갈가리 찢어 버릴 것이야!"

무기력하게 죽어 버린 총표파자의 모습에 채주들이 울부짖었다.

하나 그런다고 한들 죽은 총표파자가 살아 돌아올 리는 없었다.

유하성에게는 조금도 위협적이지 않았고 말이다.

"흥!"

거기다 유하성은 혼자가 아니었다.

근처에서 개방도들을 이끌고 싸우던 이춘상은 총표파자가 죽고 녹림십팔채의 정예가 유하성에게 달려들자 기다렸다는 듯이 합류했다.

총표파자는 버거울지 모르나 다른 채주들은 아니었다.

"전부 쓸어버리자고!"

"개 패듯이 패는 거야!"

"우오오오!"

십천 중 가장 많은 전투인원을 가지고 있는 게 바로 녹림십팔채였다.

거기다 녹천주(綠天主)라 할 수 있는 총표파자가 죽자 산적
들은 눈에 불을 켜고 달려들었으나 숫자로는 개방도 밀리지
않았다.

그렇기에 개방의 장로들은 이춘상을 따라 산적들을 공격
했다.

"괜찮냐?"

"그건 내가 물어야 할 말 같은데?"

어느새 옆에 다가와 있는 이춘상을 보며 유하성이 실소를
흘렸다.

멀쩡한 그에 비해 이춘상은 피 칠갑을 하고 있어서였다.

"내 피는 하나도 없다. 다 적들이 흘린 피지. 근데 대단하
네. 총표파자가 절대 만만한 무인이 아닌데."

유하성이 강하다는 사실은 이춘상도 알고 있었다.

아니, 누구보다 잘 안다고 해도 과언이 아니었다.

그런데 지금의 결과는 놀라웠다.

더욱이 천하십대고수의 한 명인 비존을 쓰러뜨린 총표파
자를 유하성이 잡아냈기에 이춘상의 두 눈에는 은은한 경악
이 서려 있었다.

"계획이 잘 통했어. 아직까지는 십단금에 대해 알려진 게
거의 없어서."

"통하지 않았어도 이겼을 거라고 말하는 거 같은데."

"맞아."

"칫!"

부정하지 않는 유하성의 모습에 이춘상이 입을 삐죽 내밀었다.

얄밉기도 하고 부럽기도 해서였다.

"상황이 좋지 않네."

부러움을 숨기지 않는 이춘상의 시선을 받으며 유하성이 전장을 살폈다.

총표파자에게 집중하느라 다른 곳에는 신경을 쓰지 못했기에 이제야 둘러보는 것이었다.

그런데 십천주 중 한 명인 총표파자가 죽었음에도 전장의 상황은 그리 좋지 못했다.

다들 여전히 힘겨운 싸움을 치르고 있었던 것이다.

"크아악!"

"마, 막아!"

특히 귀단문과 흑점, 그리고 정체불명의 세력이 가장 큰 문제였다.

구대문파와 오대세가가 힘을 합쳤음에도 좀처럼 우위를 점하지 못했던 것이다.

심지어 그중에는 검제라 불리는 남궁수와 화산파의 무제(武帝), 하북팽가의 도존(刀尊)이 있었음에도 불구하고 말이다.

거기다 하오문의 살수들도 전장을 끊임없이 교란시키며 중원수호맹을 괴롭혔다.

"그래도 아직까지 크게 밀리는 곳은 없어. 진영도 잘 유지하고 있고."

퍼퍼퍼펑!

당장 개방만 하더라도 초대형 타구진(打狗陣)을 펼치고서 산적들은 물론이고 수적들까지 밀어붙이고 있었다.

비록 개개인의 무위는 떨어질지 모르나 개방은 가장 큰 장점을 확실하게 이용했다.

엄청난 인원과 합격진으로 번천회의 공세를 막아 냈던 것이다.

"우선은 저기부터 기세를 꺾어야겠어."

"같이 가자고."

번천회의 예봉이라 할 수 있는 귀단문과 흑점, 그리고 마지막 십천이라 할 수 있는 곳을 노려보며 유하성이 땅을 박찼다.

아무리 봐도 저곳이 가장 위험해 보여서였다.

"어딜 가느냐!"

"응?"

앞을 가로막고 있는 번천회의 무인들을 쓰러뜨리며 달려가는데 먼 곳에서 익숙한 음성과 함께 무시무시한 기세가 느껴졌다.

동시에 시뻘건 강기가 적아를 구분하지 않고 사이에 있는 모든 이들을 꿰뚫었다.

피처럼 붉은 강기가 가로막는 모든 것을 관통하며 유하성에게 쏘아졌던 것이다.

터엉!

기습처럼 파고든 일격이었으나 유하성은 어렵지 않게 막아 냈다.

더불어 누가 자신을 공격했는지 보지 않고도 한눈에 알았다.

한번 겪어 본 강기였기에 단번에 알아차렸던 것이다.

"이거이거, 나에게도 반가운 인연이 있는데?"

그리고 이춘상 역시 눈을 번뜩였다.

귀단문의 소문주 옆에 지난번 승부를 내지 못한 추노가 있어서였다.

"괜찮겠어?"

"당연하지. 예전의 내가 아니라고. 성장한 건 너만이 아냐."

분명 예전에는 이춘상이 밀렸었다.

그러나 지금은 다를 터였다.

시간이 흘렀고, 성장한 건 이춘상 역시 마찬가지였다.

유하성처럼 괄목할 만한 성장세는 아니라고 하나 분명한 건 이춘상도 강해졌고, 추노에 대한 대비를 충분히 한 상태라는 점이었다.

"이번에야말로 결판을 내 주마!"

쿠아아아!

오직 유하성밖에는 보이지가 않는지 소문주가 살광을 번뜩이며 몸을 날렸다.

저번의 패배를 오늘 이 자리에서 반드시 설욕하겠다는 듯이 말이다.

그런데 그 의지가 조금 과했다.

같은 편이라고 할 수 있는 번천회의 무인들도 모조리 죽이며 유하성에게 달려들었던 것이다.

"저번보다 더 미친 것 같은데?"

이춘상이 어처구니없다는 표정을 지었다.

막나가는 성격이란 건 알고 있었으나 이 정도일 줄은 몰라서였다.

번천회의 무인들이야 애초에 연합의 성향이 짙다고 해도 십천은 달랐다.

핵심 중의 핵심이자 번천회를 떠받드는 열 개의 기둥이라해도 과언이 아니었는데 귀단문의 소문주는 그딴 건 개나 줘버리라는 듯이 아무렇지 않게 죽여 버렸다.

"알아서 처리해 주니 좋은데 뭘."

"너도 가만 보면 정상은 아냐."

"죽지나 마라."

"그건 내가 해야 할 말 같은데? 괜히 무리해서 죽지 마라. 사실 난 네가 죽으면 좋긴 한데. 최강의 후기지수 자리가 자

무당
패왕

연스럽게 내가 될 테니까."

이춘상이 히죽 웃었다.

촌각을 다투는 상황에서도 농담을 해 댔던 것이다.

"그럴 일은 없다."

"나도 알고 있다. 그러니까 이렇게 말하는 거지."

"유하성!"

수백 장이었던 거리가 어느새 수십 장으로 좁혀졌다.

그마저도 빠르게 좁혀지고 있었기에 이춘상은 걱정스러운
눈으로 유하성을 쳐다봤다.

총표파자를 상대한 직후였기에 아무래도 걱정이 될 수밖
에 없어서였다.

"죽지 마라."

"걱정하지 마라. 일대일은 가장 자신 있으니까."

"그래. 멀쩡히 살아서 보자고."

마지막에는 진심을 남기며 이춘상이 몸을 날렸다.

귀단문도들과 함께 중원수호맹의 무인들을 살육하는 추노
를 향해 달려갔던 것이다.

퍼퍼펑!

그러면서도 이춘상은 적들의 숫자를 꾸준히 줄였다.

경로에 있는 번천회의 무인들을 공격했던 것이다.

수적으로 중원수호맹이 불리했기에 줄일 수 있을 때 최대
한 줄이려는 속셈이었다.

꽈앙!

그사이 귀단문의 소문주는 유하성의 앞에 도착했다.

앞을 가로막는 건 모조리 쓸어버리며 당도한 그는 악귀와 같은 얼굴로 양손을 휘저었다.

쿠콰콰쾅!

예의 거대한 수강이 솟구치며 유하성의 주변을 휩쓸었다.

적아를 막론하고 모든 걸 깨부쉈던 것이다.

게다가 소문주의 공격은 이게 다가 아니었다.

지난번 유하성에게 속수무책으로 당했었기에 그는 단순히 강기만 쏟아 내지 않았다.

"죽어!"

꽈과과광!

채찍처럼 휘어지며 유하성을 덮쳐 가던 두 개의 거대한 핏빛 손이 허공에서 폭발했다.

붙잡을 수 없다면 아예 날려 버리겠다는 뜻이었다.

더불어 유하성의 접근을 원천봉쇄 하는 공격이기도 했다.

웅웅웅!

주변을 초토화시키는 폭발이 일어났으나 소문주는 멈추지 않았다.

고작 이 정도에 쓰러질 위인이 아니라는 걸 너무나 잘 알아서였다.

그렇기에 소문주는 다음 공격을 준비했다.

자신의 장점을 확실하게 활용할 수 있는 방법을 말이다.

'아버지께서는 장기전으로 끌고 가라고 하셨지만, 그건 내 성미에 안 맞지.'

유하성은 강했다.

그건 직접 상대해 본 그가 가장 잘 알았다.

유하성이라는 무인이 얼마나 상대하기 까다로운 존재인 지.

그렇기에 부친의 말에 솔깃했던 것도 사실이었으나 그 방 법은 그의 취향이 아니었다.

'요리조리 잘 피해 낸다면, 피할 수 없게 만들면 될 일이 지!'

공간 자체를 터트려 버린 것도 이 이유 때문이었다.

아예 회피할 공간을 주지 않으려는 것이었다.

그리고 이번 공격 역시 마찬가지였다.

어차피 공력은 넘쳐 날 정도로 많았기에 소문주는 망설이 지 않았다.

부우웅! 꽝!

단전의 공력을 모조리 끌어올린 소문주는 양손을 머리 위 로 들어 올렸다.

그러자 그의 양손에서 흘러나온 기운이 똬리를 틀며 허공 으로 쭉쭉 올라가더니 거대한 망치로 화했다.

강기로 이루어진 망치가 되었던 것이다.

그걸 소문주는 유하성이 서 있을 거라 예상되는 곳에 계속해서 내려찍었다.

꽝! 꽈앙! 꽝!

폭발로 인해 발생한 먼지구름으로 한 치 앞도 보이지 않았으나 소문주는 무작정 두들겼다.

어차피 내공은 주체하지 못할 정도로 많았기에 아끼지 않았다.

이렇게 쏟아부어서 유하성을 잡을 수 있다면, 죽일 수 있다면 이득이었다.

더불어 자신의 힘도 과시할 수 있었고.

'오늘은 내가 이긴다!'

속수무책으로 유하성에게 패배한 이후 그는 단 하루도 마음 편히 쉴 수가 없었다.

난생처음 겪어 보는 패배감과 무력감이 전신을 짓눌러서였다.

그래서 그는 유하성이라는 벽을 넘기 위해 노력했다.

생전 해 보지 않은 노력과 연구를 했고, 그 결과가 지금이었다.

'반드시 네놈을 죽인다!'

열 명의 천주 중 한 명인 총표파자를 쓰러뜨렸으나 그는 애초에 녹천주를 높게 평가하지 않았다.

산적의 우두머리라고 해 봤자 산적 나부랭이일 뿐이었다.

쉽지는 않겠지만 결국에는 자신이 이길 것이었다.

부친의 평가 역시 같았기에 그는 계획대로만 한다면 이 자리에서 유하성을 죽일 수 있다고 생각했다.

쩌어엉!

그 순간 쉬지 않고 내려찍던 거대한 망치에서 지금까지와는 다른 소리가 흘러나왔다.

동시에 손아귀에서 강력한 반발력이 느껴졌다.

무언가에 튕겨져 나온 듯한 감촉이 양손에서 느껴졌던 것이다.

"차합!"

하지만 그럼에도 소문주는 멈추지 않았다.

오히려 더욱 거세게 망치를 내리찍었다.

쩌어어엉!

그러나 그의 바람과 달리 강기로 이루어진 망치는 끝내 균열이 일어났다.

무언가와 충돌하고서 버티지 못한 것이었다.

으드득!

그 모습에 소문주가 어금니를 악물었다.

전력을 쏟아부었음에도 역시나 역부족인 것 같아서였다.

투두두둑.

모든 힘을 다해 내려찍었음에도 결국 부서지는 건 망치였다.

잠시 후 먼지구름 속에서 유하성이 모습을 드러냈다.

소문주의 무지막지한 파상공세에도 불구하고 반투명한 호신강기를 일으킨 유하성의 신색은 똑같았다.

지친 기색은커녕 내상조차 입지 않은 것 같은 모습에 소문주는 쌍장을 내질렀다.

쑤아아앙!

그의 장심에서 뻗어 나간 거대한 장강이 무시무시한 파공음을 일으키며 유하성에게 쇄도했다.

하지만 이 공격으로 유하성이 죽거나 다칠 거라고는 생각하지 않았다.

이번 공격은 그저 시간을 버는 용도였다.

'정면대결로 죽일 수 없다면, 다른 방법을 쓸 수밖에.'

힘을 끌어올리자마자 이성을 잃었던 과거와 달리 그는 완벽하게 스스로의 힘을 통제했다.

더는 마구잡이로 싸우지 않았던 것이다.

거기다 한 가지 방법만 고집하지 않았다.

본신의 힘으로 유하성을 죽일 수 있다면 더할 나위 없이 좋았겠으나 그게 무리라면 다른 방법을 택할 융통성이 생겼다.

"뭐, 뭐야?"

"으아아악!"

쌍장으로 시간을 번 소문주는 곧바로 움직였다.

멀찍이 떨어져 있던 중원수호맹의 무인들을 강기로 낚아 챘다.

그러고는 그대로 유하성을 향해 휘둘렀다.

"사, 살려 주세요! 제발 살려 주세요!"

"유, 유 소협!"

채찍처럼 휘둘러지는 강기에 목이 휘감긴 이십 대 초반의 남녀가 창백한 안색으로 비명을 질렀다.

갑자기 날아온 공격에 둘 다 속수무책으로 당한 것이었다.

게다가 목을 휘감고 있는 게 강기라는 걸 알았기에 둘 다 해쓱해진 얼굴로 유하성을 향해 간절히 소리쳤다.

"……인질들로 협박이라도 하려는 건가?"

"그럴 리가. 난 그저 무기를 들었을 뿐이다. 네가 받아치지 못하는 절대무기를 말이지. 흐흐흐!"

소문주가 유하성을 쳐다보며 히죽 웃었다.

비열하기 짝이 없는 얼굴로 말이다.

그와 동시에 두 남녀의 전신을 시뻘건 강기가 휘감았다.

후우웅!

소문주는 그대로 두 명을 유하성에게 휘둘렀다.

말한 대로 두 남녀를 마치 무기처럼 휘둘렀던 것이다.

"으음!"

그 모습에 유하성의 얼굴이 딱딱하게 굳어졌다.

절대무기라는 의미를 이제는 알 수 있어서였다.

게다가 피한다고 해서 끝이 아니었다.

콰앙! 쾅!

"커헉!"

"까아악!"

유하성이 회피하면 회피할수록 그 대가가 두 남녀에게 돌아갔던 것이다.

막지 않아도 땅바닥과 충돌하며 충격을 고스란히 감내해야 했기에 두 명은 금세 칠공에서 피를 흘렸다.

"으, 으아아악!"

그리고 귀단문의 소문주는 두 명 가지고 유하성을 공격하지 않았다.

그간의 노력을 증명하듯 강기를 또 쪼개서 다른 이들을 포획해서 계속해서 유하성을 몰아붙였다.

아예 선택지를 주지 않고서 밀어붙였던 것이다.

공격할 수도, 막을 수도, 그렇다고 피할 수도 없는 진퇴양난의 상황에 유하성의 얼굴이 딱딱하게 굳어지자 소문주의 입꼬리가 귀에 닿을 것처럼 찢어졌다.

"크하하하!"

이러지도, 저러지도 못한 채 전전긍긍하는 유하성의 모습에 소문주가 앙천광소를 터트렸다.

아무것도 하지 못하는 모습이 그렇게 통쾌할 수가 없어서였다.

더불어 확신이 들었다.

오늘은 자신이 이길 수 있다고 말이다.

웅웅웅!

그런데 그때 기이한 공명음이 들렸다.

유하성을 중심으로 묘한 공명음이 흘러나왔던 것이다.

그러더니 이내 유하성의 두 주먹에서 수십 개의 빛줄기가 솟구쳤다.

바로 권탄강기(拳彈罡氣)였다.

콰콰콰쾅!

극도로 압축된 권탄강기가 유하성의 쌍권에서 폭포수처럼 쏟아져 나와 소문주를 덮쳤다.

정확하게는 소문주와 생포된 무인들을 연결하고 있는 강기들을 휩쓸었다.

무시무시한 힘으로 연결 고리 역할을 하는 강기들을 끊어 버렸던 것이다.

그러나 유하성이 노린 건 그게 다가 아니었다.

퍼퍼퍼펑!

권탄강기는 사로잡힌 무인들을 구하는 것은 물론이고 소문주를 폭격했다.

소문주의 강기를 끊어 버리고도 힘이 남는지 수십 개의 권탄강기들이 그를 덮쳤던 것이다.

"크으윽!"

하나하나가 엄청난 위력을 지니고 있었기에 소문주는 다급히 호신강기를 일으켰다.

그것도 하나가 아니라 계속해서 호신강기를 펼쳤다.

한두 겹으로는 유하성의 권탄강기들을 완벽히 막아 낼 수 있을 것 같지 않아서였다.

스윽.

그래서 그는 보지 못했다.

쏟아지는 권탄강기들에 이어 그의 앞에 도착한 유하성을 말이다.

끊어진 강기로 인해 떨어지는 무인들을 안전하게 바닥에 내려 준 후 유하성은 곧장 소문주의 앞으로 이동했다.

그러고는 무려 아홉 겹으로 이루어진 새빨간 호신강기에 일권을 찔러 넣었다.

꽈아아앙!

권탄강기로 인해 약해질 대로 약해진 호신강기가 단숨에 깨졌다.

단 일권에 무려 다섯 겹의 호신강기가 파괴되었던 것이다.

하지만 유하성에게는 아직 반대쪽 주먹이 남아 있었다.

부르르!

무시무시한 기운이 넘실거리는 유하성의 좌권에 소문주의 두 눈이 더 이상 커질 수 없을 만큼 커졌다.

그리고 그 순간 유하성의 주먹이 작렬했다.

소문주의 호신강기를 강타했던 것이다.

물론 소문주도 가만히 당하고만 있지는 않았다.

넘쳐 나는 공력을 이용해 계속해서 호신강기를 생성시켰으나 안타깝게도 유하성의 주먹이 더 빨랐다.

닿는 것과 동시에 호신강기 네 겹을 단숨에 관통했다.

"커헉!"

순식간에 호신강기를 꿰뚫은 주먹이 복부에 꽂혔다.

그러자 소문주의 몸이 직각으로 꺾였다.

호신강기로 인해 정권의 위력이 약화되지 않았다면 꺾이는 게 아니라 몸이 절단 났을 터였다.

그걸 누구보다 잘 알았기에 소문주는 피를 토하면서도 손을 뻗었다.

휘익!

하지만 유하성은 그의 머릿속을 훤히 꿰뚫어 보고 있다는 듯이 고개를 살짝 비틀어 피했다.

그리고는 복부에 박혀 있던 주먹을 빼냄과 동시에 활짝 펴서는 멱살을 잡았다.

오른손으로 두들겨 패기에 딱 좋은 환경을 만들었던 것이다.

퍼퍼퍼퍽!

얼굴은 물론이고 전신을 가리지 않고 두들기는 폭력에 소문주의 몸이 바람에 펄럭이는 깃발처럼 흔들렸다.

그러나 신음 소리는 없었다.

지독한 고통에 신음조차 나오지 않는 것이었다.

"소문주님!"

그 모습에 이춘상을 상대하면서도 소문주를 힐끔거리던 추노가 피를 토하는 듯한 음성으로 부르짖었다.

하나 그가 할 수 있는 건 없었다.

이춘상이 다른 개방도와 함께 끈질기게 물고 늘어져서였다.

"당신은 어디로도 못 가. 이번에는 내가 안 보내 줄 거거든."

"이익! 비겁하게……!"

"비겁하다니. 사돈 남 말 하지 말았으면 하는데."

이죽거리는 이춘상을 추노가 죽일 듯이 노려봤다.

그러나 마음과 달리 밀리는 건 오히려 그였다.

이춘상도 상당하지만 협공을 하는 개방도들의 실력 역시 뛰어났기에 추노는 시간이 갈수록 수세에 몰렸다.

콰득!

"소, 소문주님!"

계속 밀리면서도 소문주의 상황을 확인하던 추노가 기겁했다.

축 늘어지는 소문주의 모습에 죽음이라는 두 글자가 떠올라서였다.

푹!

그래서 추노는 보지 못했다.

은밀하게 파고드는 이춘상의 우장을 말이다.

소문주에게 시선이 가 있는 틈을 이춘상은 놓치지 않았다.

"외롭지는 않을 거야. 먼저 간 소주인이 있어서. 아, 주인도 최대한 빨리 보내 줄게."

다음 권으로 이어집니다

꿈의 도약, 로크에서 하십시오
(주)로크미디어에서 신인 작가를 모십니다

즐거운 세상, 로크미디어는 꿈을 사랑하고 도전을 두려워하지 않는 작가 분들의 참신한 작품을 기다리고 있습니다. 21세기 장르 문학계를 이끌어 갈 차세대 선두 주자 (주)로크미디어에서 여러분의 나래를 활짝 펴 보시길 바랍니다.

모집 분야 판타지와 무협을 포함한 장르 문학
모집 대상 아마추어 작가, 인터넷 작가
모집 기한 수시 모집
작품 접수 시 유의 사항
1. 파일명은 작가명_작품명.hwp형식을 갖춰 주십시오.
1. 파일에 들어갈 내용은 다음과 같습니다.
   - 성명(필명인 경우 실명을 밝혀 주세요), 연락처, 이메일 주소
   - 제목, 기획 의도
   - A4용지 1장 분량의 등장인물 소개
   - A4용지 2장 분량의 전체 줄거리
   - 본문
1. 작품이 인터넷에 연재되고 있다면, 게시판명과 사이트의 구체적이고 정확한 주소를 기재해 주십시오.

선택된 작품은 정식 계약 후 출판물로 간행되어 전국 서점에 유통됩니다.
작가 분은 (주)로크미디어의 전폭적인 지원하에 전속 작가로 활동하시게 됩니다.
※ 자세한 내용은 로크미디어 홈페이지(rokmedia.com)를 참조하세요.

(04167)서울시 마포구 마포대로 45 일진빌딩 6층
(주)로크미디어 편집부 신간 기획 담당자 앞
전화 : 02) 3273 - 5135
www.rokmedia.com   이메일 : rokmedia@empas.com